Dominación y Sumisión Erótica Vol. 5

Erika Sanders

Título

Dominación y Sumisión Erótica Vol. 5
Por
Erika Sanders
Serie
Colección Dominación Erótica

Imagen portada: @ Photographer_ME, 2021

Primera edición: Septiembre, 2021

Páginas web de la autora:

https://twitter.com/ErikaSanders98

https://www.instagram.com/erikasamanthasanders/

Correo electrónico de contacto:

erikasanders98@gmail.com

Sinopsis

El quinto volumen de la serie Dominación erótica consta de las siguientes novelas:

- La fotógrafa de BDSM:

Julia es una fotógrafa profesional que le gusta inmortalizar los momentos importantes de la vida de las personas mediante sus fotografías.

Estando en su estudio revelando las últimas fotos que había tomado a una familia entra en el local una nueva clienta.

Esta clienta, una ejecutiva muy bien posicionada y famosa, tiene un encargo para Julia no muy convencional: Fotografiar escenas para adultos.

Julia está reticente para aceptar este encargo, pero la oferta de la ejecutiva es muy suculenta...

- Ejecutiva muy dominante y caliente:

Richard Carrington es el dueño de una empresa que tiene graves problemas económicos.

Es probable que no puede llegar al pago de fin de mes de los empleados debido a ello.

La única solución para salvar la empresa es una hermosa ejecutiva que le propone un pacto: Dinero a cambio de un favor

¿A cuánto estará dispuesto llegar Richard a cambio de poder mantener su empresa a flote?

- Dominatrix, consejera matrimonial:

Rachel y Roger es una pareja normal que llevan veinte años de matrimonio.

Sus hijos ya están en la universidad por lo que viven solos en su casa.

Pero el esposo no está satisfecho con sus relaciones sexuales que las encuentra aburridas por lo que decide que deberían acudir a los consejos de una muy particular consejera matrimonial.

¿Quién es esta consejera matrimonial que Roger especialmente recomienda a su esposa para mejorar sus... técnicas sexuales?

Dominación Erótica volumen 5 son una serie de novelas de fuerte contenido erótico BDSM y, a su vez, el quinto volumen de la colección Dominación Erótica, una serie de novelas de alto contenido BDSM romántico y erótico.

Nota sobre la autora:

Erika Sanders es una conocida escritora a nivel internacional que firma sus escritos más eróticos, alejados de su prosa habitual, con su nombre de soltera.

Páginas web de la autora:

https://twitter.com/ErikaSanders98

https://www.instagram.com/erikasamanthasanders/

Correo electrónico de contacto:

erikasanders98@gmail.com

DOMINACIÓN ERÓTICA VOL. 5
POR
ERIKA SANDERS

LA FOTÓGRAFA DE BDSM

POR

ERIKA SANDERS

PRIMERA PARTE
La oferta de trabajo

CAPÍTULO 1

Julia se sentó en el cuarto oscuro de su pequeño estudio de fotografía mientras revelaba imágenes fotográficas.

La fotografía siempre había sido su pasión, y la convirtió en su carrera.

La muchacha de treinta años observaba atentamente mientras se completaban las imágenes.

Los colgó para que se secaran y se tomó un momento para admirar su trabajo para una familia amorosa.

Julia detuvo su trabajo cuando escuchó sonar la campana después de que se abriera la puerta principal.

Fue a la recepción y vio a una mujer ejecutiva de unos cuarenta años, vestida como alguien que trabajaba en una oficina muy elegante.

"Buenas tardes", dijo Julia con una cálida sonrisa. "Bienvenida a mi estudio de fotografía. Mi nombre es Julia. ¿En qué puedo ayudarla?"

La mujer profesional le devolvió la sonrisa.

"Hola Julia. Me llamo Catherine".

Se dieron la mano mientras Julia se paraba detrás del mostrador.

"Un placer conocerte, Catherine. ¿Hay algo que pueda hacer por ti hoy? ¿Estás buscando algo en particular?"

"En realidad lo estoy. Me encanta tu trabajo. Creo que eres excelente para tomar retratos y capturar momentos especiales".

Julia se sonrojó.

"Gracias. ¿Estás aquí por recomendación?"

"Investigación, en realidad. Creo que las imágenes que tienes en tu sitio web son geniales. Eres una mujer muy talentosa".

"Hago lo mejor que puedo".

"Entonces, ¿cómo funciona este proceso?" Catherine preguntó. "¿La gente se contacta contigo, te dice lo que quiere y luego les sacas fotos? Soy nueva en esto, obviamente".

"Por lo general, así es como funciona. A veces las personas vienen a mi estudio si quieren tomarse retratos, o a veces me contratan para ir a su domicilio".

"¿Qué tipo de fotos sueles tomar?"

"Depende", respondió Julia. "Si tengo que salir, generalmente es para bodas, ceremonias, graduaciones, cosas así. En mi estudio, generalmente tomo retratos familiares".

"¿Te importa si te hago una pregunta personal?"

"Adelante."

"¿Ganas mucho dinero haciendo esto?"

"Es una vida digna".

"Julia, no voy a malgastar tu tiempo", dijo Catherine en un tono de negocios. "Estoy buscando contratar a un fotógrafo para una serie de sesiones fotográficas. Pagaré un buen dinero y requiero discreción completa. Todas las imágenes estarán orientadas a adultos".

"Eso no debería ser un problema", respondió Julia con confianza. "He hecho mucho trabajo de desnudos antes. Me siento cómoda con ese tipo de cosas".

"¿Qué tipo de experiencias tienes al respecto?"

"En la universidad tuve algunas clases de arte de desnudos. En mi carrera de fotografía, tomé retratos sensuales de desnudos para mujeres. Es una solicitud bastante común. Asumo que quieres algo así".

Catherine sonrió.

"No del todo. Lo que hago implica un poco más de erotismo".

"¿Es pornográfico?" Julia preguntó con cautela.

"No soy una persona a la que le guste poner etiquetas a las cosas. Exploro los límites de la sexualidad humana de una manera muy particular. Tengo amigos especiales y me gustaría que documentes algunas de nuestras sesiones con tu conjunto único de habilidades. como fotógrafa ".

Julia estaba un poco desconcertada.

"No puedo. Lo siento. Sin ofender, pero probablemente no podría hacer mi mejor trabajo en ese entorno".

Catherine buscó dentro de su bolso y colocó una tarjeta de negocios sobre la mesa.

"Gracias por tu tiempo", respondió Catherine cortésmente. "Como artista, esperaba que tuvieras una mente abierta a todas las formas de arte que involucran al cuerpo humano. Si tienes curiosidad por lo que hago, llámame. Todavía espero que podamos trabajar juntas eventualmente. Que tengas un gran día."

"Tú también. Gracias por venir. Pido disculpas por no poder ayudarte".

"No te disculpes. Esto no es para todos. En el reverso de mi tarjeta he escrito la cantidad que pagaría por tus servicios. Piénsatelo".

Dicho esto, Catherine se volvió y salió del pequeño estudio.

Había sido la oferta más inusual que Julia había recibido desde que comenzó su propio negocio de fotografía.

Nunca antes había sido solicitada por algo abiertamente sexual.

Cogió la tarjeta y la miró.

Para su sorpresa, Catherine tenía una posición de alto nivel en un importante banco de inversión de la ciudad.

Julia volteó la tarjeta y vio el precio que Catherine estaba dispuesta a pagar, y la sorprendió.

CAPÍTULO 2

Más tarde estuvo pensando aquella noche.

La curiosidad todavía estaba en la mente de Julia antes de acostarse, a pesar de que una parte de ella quería mantenerse alejada de Catherine.

Fue a la basura donde la había tirado y sacó la tarjeta de presentación de Catherine, que la había convertido en una bolita.

La desdobló y echó otro vistazo.

Luego fue a su computadora para una revisión rápida.

Después de una breve búsqueda, Julia encontró la página de LinkedIn de Catherine.

Catherine era una ejecutiva mujer de negocios experimentada con una alta posición en un importante banco de inversión.

La cantidad de experiencia que Catherine tenía de un alto nivel fue sorprendente para Julia.

Julia continuó su búsqueda en línea y encontró la página de Facebook de Catherine, que estaba abierta a todos.

Miró a través de las fotos personales de la mujer de negocios.

Catherine era hermosa, elegante, sofisticada, con un aura dominante.

Julia se preguntó por qué una mujer así estaría interesada en tomar fotografías explícitas.

Pero, evidentemente, todos tienen sus secretos, pensó Julia.

La intriga fue suficiente para que Julia cambiara de opinión.

Después de todo, ¿qué tan sórdidas podrían ser estas imágenes?

Seguramente tenían que ser de buen gusto.

Abrió su correo electrónico y le escribió un mensaje a Catherine:

"Hola Catherine

Espero que lo estés pasando bien. Soy Julia del estudio de fotografía. He pensado mucho en tu oferta y podría reconsiderar mi postura sobre el tema, si todavía estás interesada en trabajar conmigo.

Pero primero, tengo algunas preguntas. ¿Hay un momento apropiado de cuando podemos hablar por teléfono? ¿O te gustaría continuar comunicándote por correo electrónico? Házmelo saber.

Cuídate,

Julia"

Miró el reloj y ya eran las once y veinticinco de la noche.

Julia apagó su computadora y echó otro vistazo a la tarjeta de visita.

Le dio la vuelta y miró la nota escrita a mano de Catherine: Quinientos dólares por hora.

Solo había vuelto más curiosa cuando se fue a la cama.

CAPÍTULO 3

La mañana siguiente fue una mañana típica para Julia.

Cuando no había clientes potenciales o clientes en su pequeño estudio, pasaba su tiempo en el cuarto oscuro revelando más fotos.

Era un trabajo tedioso, pero ella lo disfrutaba.

Cuando terminó, dejó el cuarto oscuro y miró su computadora portátil que estaba sobre su escritorio.

Había varios correos electrónicos nuevos.

Los ojos de Julia recorrieron brevemente la lista de mensajes, que en su mayoría estaban relacionados con el trabajo.

Lo que instantáneamente llamó su atención fue la respuesta por correo electrónico de Catherine.

Ella la abrió:

"Julia

Me alegra que hayas reconsiderado mi oferta. Es mejor si nos reunimos en persona para discutir esto. Ven a mi oficina el viernes a las ocho de la mañana. Te daré una cita para que la recepción y mi secretaria te dejen entrar.

Catherine"

El breve correo electrónico fue más que suficiente para despertar el interés de Julia una vez más.

Metió la mano en su bolso para buscar en la tarjeta de presentación de Catherine la dirección de su oficina en el centro.

Ella usó Internet y buscó las instrucciones para llegar allá desde su casa, y se aseguró de mantener su horario despejado para el viernes por la mañana.

SEGUNDA PARTE
La sala de esclavitud

CAPÍTULO 4

Julia estaba nerviosamente parada en el elevador mientras éste subía en el gran edificio.

Llevaba una camisa abotonada con una falda de oficina para verse apropiada en el entorno corporativo.

Cuando el elevador finalmente llegó al piso, Julia tímidamente buscó la oficina de Catherine en el área extraña para ella.

Cuando la localizó, se acercó a una joven secretaria que le permitió entrar a la oficina.

Silenciosamente tragó saliva cuando entró y se dio cuenta de que acababa de interrumpir el trabajo de oficina de Catherine, fuera lo que fuese en ese momento.

"Por favor, toma asiento", dijo Catherine cortésmente desde detrás de su escritorio. "Me alegra que hayas cambiado de opinión sobre una posible relación".

Julia se sentó y se relajó.

"Bueno, lo pensé y me di cuenta de que probablemente sea algo de buen gusto".

"Mira mi oficina. Por supuesto, todo lo que hago es de buen gusto", dijo la mujer de negocios en tono de broma.

"Definitivamente puedo ver eso."

"Y estoy segura de que el dinero que ofrezco ha ayudado a convencerte, ¿es correcto?"

Julia se sonrojó.

"Eso es parte de ello".

"Bien", asintió Catherine. "Aprecio tu honestidad. No hay vergüenza en querer más dinero".

"El dinero siempre es bueno. No soy exactamente rica. Pero más que nada, me encanta el arte de la fotografía. Me encanta capturar imágenes de personas que durarán toda la vida. Pareces una persona realmente interesante y contar tu historia con mis fotos era una oportunidad que simplemente no podía dejar pasar ".

"Sabía que elegía a la mujer adecuada para el trabajo", sonrió Catherine.

"¿Te importaría darme una idea de lo que quieres? Entiendo tu necesidad de discreción dado el tema. Pero en este punto, me gustaría saber en qué me estoy metiendo".

"¿Estás familiarizada con la esclavitud y el estilo de vida BDSM?"

Julia se sorprendió.

"Sí lo estoy."

"¿Qué me puedes decir al respecto?"

Julia pensó por un momento.

"No mucho. Solo sé las cosas cliché que veo en la televisión. Ya sabes, látigos, cadenas, cuero. Ese tipo de cosas".

"Eso es solo un pequeño aspecto del fetiche", explicó Catherine. "El verdadero BDSM se trata de dominación y sumisión. Se trata de la pérdida de poder y de entregarse completamente a otra persona. De manera segura y consensuada, por supuesto. Los látigos y las cadenas son meras herramientas para lograr un objetivo específico".

"¿Es, como, una ama o algo así?" Julia preguntó en un tono tímido.

"No me gustan las etiquetas. Pero creo que encajaría con esa descripción. ¿Eso te molesta?"

"En absoluto. Umm, creo que el empoderamiento femenino es una gran cosa".

"Yo también", asintió Catherine. "Y vas a ver un gran empoderamiento femenino cuando vengas a mi habitación especial. La mayoría de mis sumisos son empresarios poderosos en su vida cotidiana. Se molestan en hacer que los ponga de rodillas en privado".

"¿Y tú?"

"¿Yo qué?"

"¿Te sometes también?" Julia preguntó.

Catherine sonrió.

"Por supuesto que sí. No estaría haciendo esto si no amara cada segundo".

"¿Cómo funciona esto? Quiero decir, ¿vienen a visitarte? ¿Entonces qué? ¿Les pegas o algo así?"

"Tengo una sala especial de esclavitud en mi ático", respondió Catherine. "Me encuentro con diferentes sumisos del mundo corporativo. Es algo exclusivo. Usualmente los fines de semana. Solo por una hora".

"¿Por qué una hora?" Julia preguntó.

"Es la cantidad de tiempo perfecta, en mi opinión. Si durara demasiado, las cosas comenzarían a doler, de mala manera. Si fuera demasiado corto, no habría suficiente juego previo para construir cosas. Una hora es la cantidad de tiempo perfecta para construir un clímax increíble ".

"Suena provocativo".

"Espera hasta que lo veas", dijo Catherine. "Llevo una máscara dorada. Es como un alter ego que tengo. Una vez que la máscara está puesta, me convierto en una persona diferente. Si la gente piensa que soy una perra en la oficina, espera hasta estar en mi cuarto de esclavitud conmigo con la máscara puesta y un látigo en la mano. Me convierto en algo completamente distinto ".

Julia se sintió atraída por Catherine.

Era un nuevo mundo de libertad sexual sin las restricciones de las inhibiciones personales.

Lo rechazaba de alguna manera, pero al mismo tiempo, era completamente fascinante.

No podía esperar para verlo y capturarlo en la cámara.

"Quieres que fotografíe toda la experiencia, ¿verdad?" Julia preguntó, para dejarlo claro.

"Quiero que fotografíes todo, excepto los rostros. La discreción es de suma importancia, ya que mis sumisos son en su mayoría individuos ricos. No se te permitirá saber quiénes son. Estarán enmascarados todo el tiempo".

Los dedos de Julia se movieron nerviosamente.

"Seré honesta. Todo esto me parece extraño. Nunca me han pedido que forme parte de algo así antes. Ni siquiera he visto estas cosas en video, que no significa que no haya visto pornografía. Todo es muy nuevo para yo."

"Entonces te envidio", respondió Catherine.

"¿En serio? ¿Por qué?"

"Porque explorarás esto por primera vez, con ojos vírgenes".

"Definitivamente ese será el caso", respondió Julia.

"Dime, ¿estás satisfecha con tu vida sexual?"

"¿Qué quieres decir?"

"¿Estás satisfecha sexualmente?" Catherine preguntó sin rodeos. "¿Te corres cómo quieres? ¿Te gustaría tener mejores orgasmos? ¿Te gustaría que alguien te jodiera en cuerpo y alma?"

Julia se sorprendió por la línea de preguntas de la respetable mujer de negocios.

"Mi vida sexual podría ser mejor", admitió. "Estoy soltera. No he salido en mucho tiempo. Es el precio personal que pago por administrar mi propio negocio".

"Así que probablemente te masturbas mucho".

"Mas o menos."

Catherine tomó un bolígrafo y un bloc de notas y comenzó a escribir.

Una vez que terminó, le entregó la nota a Julia.

"Esa es la dirección de mi apartamento", dijo Catherine. "La próxima sesión es el sábado a las diez de la noche. No llegues tarde. Se te pagará quinientos dólares por toda la hora. Toma fotos de lo que quieras, excepto las caras o cualquier cosa que pueda usarse para identificar a alguien. Las imágenes me pertenecerán exclusivamente. Así que no las publique en ningún lado. Mi secretaria tendrá un contrato y formularios de confidencialidad listos para que los firmes cuando salgas de mi oficina. Eso será todo por ahora ".

Julia se puso de pie.

"Gracias. Espero ansiosa nuestra reunión del sábado".

Catherine también se levantó, y las dos mujeres se dieron la mano para cerrar informalmente el trato.

"Una cosa más, usa un lindo vestido cuando vengas. Quiero que te veas bien".

La mirada en la cara de Julia cambió.

En ese mismo momento, acababa de darse cuenta de en qué se estaba metiendo.

CAPÍTULO 5

Después de reunirse con la secretaria para firmar los formularios y acuerdos, Julia salió rápidamente del edificio corporativo para respirar aire fresco.

Su mente era una mezcla de emociones.

Tenía curiosidad, pero estaba nerviosa.

Estaba intrigada, pero reacia.

Se dio cuenta de que todo esto estaba en cabeza, pero ya era demasiado tarde para retroceder.

Ella ya había dado su palabra, había firmado los contratos y no había vuelta atrás.

La calle del centro estaba llena y ella observaba a los empleados corporativos caminar hacia sus destinos, mientras que ella permanecía inmóvil completamente nerviosa.

Julia vio una pequeña cafetería al aire libre y se acercó para hacer cola.

Necesitaba desesperadamente algo fuerte para beber.

En el momento en que Julia hizo cola, escuchó una voz que la llamaba desde atrás.

Se dio la vuelta y vio a la secretaria personal de Catherine acercándose a ella con una sonrisa.

La secretaria era sorprendentemente joven, de unos veinte años, y era muy hermosa.

"¿Olvidé firmar algo?" Julia preguntó, mientras la secretaria se acercaba.

"No. Todo eso ya está hecho. Estoy en mi hora de descanso y quería hablar contigo".

"Oh, ¿por qué?"

" Sé para qué te han contratado", dijo. "Cuando firmaste los documentos, parecías aterrorizada, como si estuvieras firmando un contrato por tu vida".

"¿Puedes culparme por sentirme así?"

La secretaria sonrió.

"Es un sentimiento normal. Sé exactamente por lo que estás pasando".

"¿Tú lo sabes?" Julia preguntó.

"Sí. Digamos que pasé por un extenso proceso de entrevistas para conseguir mi trabajo como secretaria de Catherine".

Julia no tardó mucho en establecer la conexión.

Inmediatamente se dio cuenta de que la hermosa joven secretaria era sexualmente sumisa con Catherine.

Julia hizo todo lo posible para evitar verse sorprendida.

"Entonces, ¿tú y Catherine?" Julia preguntó sugestiva y curiosamente.

La secretaria asintió orgullosamente.

"Solicité el trabajo sabiendo que no estaba calificada para trabajar para una mujer corporativa de primer nivel. Pero pensé que no tenía nada que perder. Me entrevistó personalmente. Me di cuenta de que le gustaba mi apariencia. Y antes de darme cuenta, firmé muchos de los mismos documentos que tú hiciste. Luego ella me dejó entrar en su mundo privado de aventura ".

"¿Por qué me dices esto? No quiero parecer grosera, pero esa no es exactamente la información que debería compartirse".

"Parece que podrías necesitar una amiga. No quiero que estés nerviosa".

"Gracias", respondió Julia. "Sin embargo, ya estoy nerviosa. No puedo evitar sentir que he cometido un gran error. No estoy segura de poder manejar un fetiche así".

"Pensé lo mismo cuando comencé a involucrarme con ella. Estaba aterrorizada cuando vi por primera vez su cuarto de esclavitud. Mis manos temblaban cuando comenzamos el proceso. Pero ahora, no puedo estar sin eso".

"¿Qué te hizo cambiar de opinión?" Julia preguntó.

"El placer."

CAPÍTULO 6

Sábado noche.

Julia fue al departamento con su cámara en su estuche, y llevaba un vestido amarillo que había comprado específicamente para la ocasión.

Eran las nueve de la noche.

Llegó una hora antes de la cita cuando subió por el ascensor.

Ser puntual era parte del trabajo.

Cuando llegó al piso, Julia caminó hacia el departamento de Catherine y llamó.

No tuvo que esperar mucho tiempo para que Catherine abriera la puerta descalza, con una bata de seda.

El cabello de Catherine estaba bien peinado, al igual que su maquillaje perfecto.

"Llegas temprano", sonrió Catherine.

"Siempre me gusta llegar temprano. ¿Es un problema? Siempre puedo volver un poco más tarde ..."

"No, no, está bien. Entra. Me alegra que llegues temprano. Nos da la oportunidad de hablar un poco más".

Julia entró en el apartamento y se maravilló de todo.

"Hermoso lugar", dijo Julia con admiración. "Esto es maravilloso. Nunca había visto algo así en la ciudad".

"Habrá muchas cosas esta noche que no has visto antes".

"Estoy segura de que tienes razón. ¿Puedo ver tu habitación de esclavitud? Me encantaría tomarle unas fotos ahora mismo".

"Todavía no", respondió Catherine. "Quiero que tomes fotos cuando todo comience, no antes".

"Bueno."

"¿Algo temerosa?"

Julia pensó por un momento.

"Ligeramente. Pero estaré bien. Sin embargo, definitivamente tengo curiosidad. Nunca he sido parte de algo como esto".

"Eres el tipo de mujer que va a disfrutar de esto. Puedo sentirlo".

"¿Qué te hace decir eso?"

"He estado haciendo esto por mucho tiempo", respondió Catherine. "Puedo saber mucho sobre los hábitos sexuales de las personas con solo mirarlas. Después de esta noche, estoy segura de que estarás ansiosa por volver. Te engancharás. Confía en mí".

Julia de repente se sintió incómoda por la suposición de Catherine.

Ella trató de seguir siendo profesional y seria.

"Entonces, ¿qué puedes decirme sobre el invitado de esta noche?" Julia preguntó, cambiando de tema.

"Es rico. Es un amigo mío desde hace mucho tiempo. Por lo general, recibo consejos de negocios de él, pero sexualmente, toma sus órdenes de mí. No verás su rostro y no conocerás su identidad".

"¿A qué hora llegará?"

"Ya está aquí", sonrió Catherine.

"¿Él está ...?"

Catherine hizo un gesto mirando hacia el pasillo.

"Está en mi habitación principal. ¿Quieres que echemos un vistazo?"

Ambas mujeres caminaron por el pasillo del lujoso departamento.

El ritmo cardíaco de Julia se disparó como si estuviera haciendo un ejercicio cardiovascular.

Su corazón latía rápidamente cuando Catherine abrió la puerta del dormitorio principal.

"Ahí está", dijo Catherine.

Julia casi se sorprendió cuando vio a un hombre de mediana edad sentado en la cama, vestido solo con su ropa interior.

Su rostro y cabeza estaban cubiertos con una máscara de cuero negro.

Había agujeros en él para que pudiera ver y hablar.

Miró directamente a Julia.

El cuerpo de él reflejaba su edad y su figura era suave y gordita.

Sus manos estaban atadas juntas por una cuerda.

"¿Qué piensas?" Catherine preguntó con una limítrofe sonrisa maligna.

"Yo ... no sé qué pensar".

"Bueno, ¿tienes miedo de lo que le haré? ¿Esto te excita de alguna manera? Debes tener algunas ideas al respecto".

"Ciertamente es una imagen muy provocativa".

Catherine sonrió.

"Si crees que esto es provocativo, espera hasta que comience el espectáculo. Sin embargo, aún no es hora".

Cerró la puerta del dormitorio y se quedaron en el pasillo.

"Mientras tanto", dijo Catherine, mirando el cuerpo de la fotógrafo. "Pensé que te había dicho que usaras un lindo vestido para esta noche."

Julia miró brevemente su vestido amarillo barato.

"Lo siento. Esto fue lo mejor que pude encontrar".

"No es lo suficientemente bueno. Sígueme".

Las dos mujeres se dirigieron hacia una habitación diferente al final del pasillo.

Era una habitación de invitados, que era tan impresionante como la habitación principal.

La habitación estaba ordenada y la cama parecía recién hecha.

Catherine abrió el armario y buscó brevemente entre la gran variedad de ropa cara.

Cuando encontró lo que estaba buscando, lo arrojó sobre la cama.

Era un vestido negro elegante y delgado.

"Póntelo", dijo Catherine. "No quiero que uses nada más que eso, ni siquiera tus zapatos".

"¿Qué pasa con mi sujetador y mis bragas?"

" Tampoco . ¿Será eso un problema?"

Julia sacudió la cabeza.

"No."

"Bien. Vístete en esta habitación. Volveré pronto una vez que me ponga las botas y me deshaga de esta bata".

"Bueno."

"¿Estás lista para esto?" Catherine preguntó.

"Lo estoy."

"Te ves incómoda. Está bien estar nerviosa. Pero si no quieres continuar, también está bien. Siempre puedo encontrar a alguien más e incluso te pagaré por esta noche".

Julia respiró brevemente.

"No. Quiero hacer esto. Me pondré el vestido y estaré lista cuando tú lo estés".

"Excelente", sonrió Catherine, antes de girarse para alejarse.

Julia se quedó sola en la lujosa habitación de invitados.

Miró el vestido negro que yacía en la cama y se preguntó cuánto valdría.

Parecía caro.

Bajó la cámara, luego se quitó el vestido amarillo y lo arrojó sobre la cama.

Se quitó los zapatos.

Finalmente, como Catherine solicitó, se quitó el sujetador y las bragas, y se quedó desnuda en la habitación.

Se quedó mirando su aspecto desnudo en el espejo, notando cuán normalita se veía.

Cogió el vestido negro y se lo puso, y luego se miró en el espejo otra vez.

Esta vez, ella se veía muy diferente.

Parecía una mujer de clase y elegancia.

"Hermosa", dijo la voz de Catherine desde el pasillo.

Julia se sorprendió de que la hubieran observado, pero no estaba segura de cuánto tiempo.

Sus ojos se abrieron de asombro cuando vio a Catherine con un corsé negro y largas botas negras.

La apariencia de Catherine estaba en marcado contraste con su atuendo profesional habitual.

"Oh, gracias", respondió Julia tranquilamente. "Te ves hermosa también".

"Ahora ya es la hora. He quitado el seguro de mi habitación especial. Está al final del pasillo. Espérame allí con tu cámara lista, y yo llevaré a nuestro invitado especial. Eres libre de tomar las fotos como tú quieras. No te daré instrucciones sobre cómo hacer tu trabajo. Depende de ti ".

"Gracias."

Catherine se hizo a un lado, indicándole a Julia que era hora de ir sola a la sala de esclavitud.

Julia respiró suavemente y, con su gran cámara en la mano, pasó junto a Catherine y se dirigió por el pasillo hacia la habitación abierta.

CAPÍTULO 7

La sala de esclavitud era grande y las paredes estaban cubiertas de acolchado negro.

Era una habitación muy bien iluminada.

Los ojos de Julia recorrieron los diferentes artículos y artilugios sexuales que estaban expuestos.

Había una gran variedad de consoladores, juguetes sexuales, cadenas y abrazaderas.

Había una silla y una mesa en la habitación, que eran los únicos muebles disponibles.

Había un gran reloj en la pared para garantizar que cada sesión durara exactamente una hora.

No fue hasta que oyó el sonido de los tacones de Catherine haciendo clic en el suelo que Julia recordó que tenía un trabajo específico que hacer.

Estaban llegando, y Julia preparó su cámara para tomar fotos.

Lo primero que vio Julia entrar en la habitación fue al hombre de mediana edad, con las manos aún atadas y la cara aún cubierta para proteger su identidad.

Julia tomó una foto de él.

Entonces Catherine entró en la habitación.

Llevaba una máscara de oro brillante que cubría su rostro, pero permitía que su cabello cayera libremente.

La máscara parecía como creada en el siglo XV aproximadamente para alguna familia real, pensó Julia.

Julia tomó fotos de Catherine guiando al hombre a la habitación y luego cerrando la puerta.

Julia observó con curiosidad cómo el hombre atado tenía que arrodillarse.

Catherine le ordenó ponerse de rodillas y permanecer en silencio.

Julia tomó más fotos.

Catherine se acercó a su colección de juguetes sexuales y buscó lo que quería.

Finalmente se decidió por un consolador largo de color carne.

Pero ella aún no había terminado.

Ató el consolador a un cinturón y luego se lo puso sobre su corsé de cuero.

Julia tomó más fotos.

"¿Estás listo esta noche?" Catherine le preguntó a su hombre sumiso.

"Mmm ... Hmmm ..." él murmuró en respuesta.

"Buen chico", dijo Catherine en un tono condescendiente. "Ahora quiero tu pequeño trasero inclinado sobre la mesa".

El hombre se puso de pie y se colocó sobre la mesa, con el estómago sobre ella y las piernas separadas.

El hombre demostró que había hecho esto varias veces antes, y que estaba disfrutando cada momento, sin importar cuán tormentoso o degradante pareciera la experiencia para una persona normal.

Catherine tomó una pequeña pala de madera y comenzó a golpear suavemente el trasero del hombre.

Al principio fue suave, como si a ella le importara su bienestar.

Con la pala comenzó a golpearlo más fuerte, luego más fuerte aun.

El hombre comenzó a hacer murmullos con la boca cuando los golpes se hicieron más intensos.

Julia casi se sintió mal por él, pero hizo su trabajo y tomó fotos en su lugar.

"¿Te gusta eso, pequeño cerdo?", le dijo Catherine, continuando con la pala.

"Mmm ... Hmm ..."

"Tengo algo más para ti".

Catherine dejó la pala y ató las manos y los tobillos del hombre a los diferentes rincones de la mesa.

Quedó atrapado.

Toda su confianza estaba depositada completamente en Catherine.

Estaba a su voluntad y a su merced.

Agarró una botella de lubricante y cubrió una gran cantidad en la punta de su dedo.

Julia tomó fotos de primer plano del dedo lubricado de Catherine.

Entonces Julia tomó fotos de primer plano del dedo que entraba en el ano del hombre.

Él gimió cuando estaba siendo penetrado por el dedo de Catherine.

Luego le insertó dos dedos.

Luego tres.

Julia se preguntó si el hombre lo estaba disfrutando.

Pero ese no era asunto suyo.

El trabajo de Julia era tomar una foto de la penetración, y lo hizo, con la cámara captándolo todo.

El estómago de Julia casi se hundió cuando vio a Catherine posicionarse detrás del hombre, con el gran pene que tenía atado a la cintura apuntando directamente al trasero extendido del hombre.

Julia estaba lista para gritar y suplicar en nombre del hombre indefenso sobre la mesa.

Ella quería detener esta locura en su nombre.

Pero ella no lo hizo.

No era su papel.

Tenía la boca abierta en estado incredulidad, y bajó brevemente la cámara para poder ver la penetración anal con sus propios ojos.

Era una vista discordante.

Levantó su cámara, apuntó directamente a la penetración anal y tomó más fotos.

CAPÍTULO 8

Lunes.

Era temprano en la mañana y Julia estaba parada en su cuarto oscuro revelando todas las fotos que había tomado para Catherine.

Había más de doscientas imágenes en total.

Los primeros lotes estaban listos.

La calidad de la imagen era buena, y ella admiraba su propio trabajo.

Sabía que Catherine estaría contenta con la forma en que capturó la sala de esclavitud.

Sabía que a Catherine también le agradaría cómo fue capturado el hombre sumiso.

Había imágenes que captaban a Catherine con su atuendo, y había primeros planos de la máscara de oro.

Julia miró brevemente el resto de las tiras de película que había tomado.

Miró las imágenes del hombre chupando el objeto sexual, siendo azotado, luego sodomizado por un largo período por el gran cinturón.

Los latidos de su corazón se elevaron.

Luego miró las imágenes del hombre siendo sacudido por Catherine.

Éste había disparado una carga masiva de semen en el suelo, que luego se le ordenó limpiar con la lengua.

Julia sintió una sensación de ardor entre las piernas.

Estaba excitada en su cuarto oscuro, de la misma manera que lo había estado en la habitación de esclavitud de Catherine.

Se desabrochó los pantalones y deslizó la mano derecha por las bragas.

Miró la película que se estaba revelando, el hombre chupando el consolador mientras estaba de rodillas, y se tocó sexualmente.

Recordó todo lo que sintió cuando lo vio todo por primera vez.

Ella lo visualizó siendo sodomizado, y Catherine masturbándolo.

Se tocó pensando en el hombre chupando las tetas de Catherine.

Pensó en todos los comentarios verbalmente degradantes que le dijo y en la difícil situación en que se le puso a ella.

Entonces, Julia se imaginó a sí misma en la posición del hombre.

Se preguntó si podría disfrutar de que le hicieran chupar un consolador y que la sodomizaran en una posición tan degradante.

Cuando tuvo un orgasmo en el cuarto oscuro se dio cuenta que la respuesta era sí .

TERCERA PARTE

Máscara dorada y vestido negro

CAPÍTULO 9

Dos meses después Julia llevaba un vestido nuevo cuando fue a la oficina de Catherine.

La habían invitado a una reunión privada.

Una vez que llegó al piso ya sin dudar, tuvo una breve discusión con la secretaria, y se le permitió entrar a la oficina de Catherine.

Las dos mujeres se saludaron con un abrazo, y ambas se sentaron en sus respectivos asientos, con Catherine detrás de su gran escritorio y Julia sentada frente a ella.

"Honestamente puedo decir que eres la mejor empleada que he tenido", afirmó Catherine. "Eso significa algo, dada la cantidad de personas calificadas que han trabajado para mí a lo largo de los años".

Un sentimiento de orgullo se apoderó de Julia.

"Gracias. Lo hago lo mejor que puedo".

"¿Te gusta tenerme como empleadora? Tengo una reputación de ser una verdadera perra, lo cual es bien merecido".

"No creo que seas una perra en absoluto", respondió Julia juguetonamente. "Creo que eres una mujer fuerte. Y eres fácilmente la empleadora más intrigante que he tenido. Cada semana es algo alucinante. Me encanta. Siempre espero con ansias nuestras reuniones".

"Bueno, desafortunadamente, tus servicios ya no van a ser necesarios", dijo Catherine en un tono comercial directo. "Has completado tu tarea fotografiando a todos mis sumisos. Creo que has hecho un trabajo maravilloso. Tu trabajo ha superado con creces mis expectativas".

Julia se sorprendió.

Le había encantado disfrutar, mirar y tomar fotos de la vida sexual secreta de Catherine.

Ir a su departamento los sábados por la noche era su emoción de la semana.

Y se masturbaba en privado cada vez que volvía a casa.

También se había encariñado con la compañía de Catherine semanalmente.

"Oh, bueno, me alegro de que te haya gustado mi trabajo", respondió Julia, tratando de no sonar devastada.

"No soy la única a la que le gusta. Todos mis sumisos masculinos están de acuerdo en que has hecho un trabajo excepcional con tu fotografía. Recibirás una bonificación considerable por esto. Cuando salgas de mi oficina, mi secretaria lo hará, entregándote un sobre con el dinero ".

"Es muy amable por tu parte."

Catherine sonrió.

"No es ningún problema."

"¿Hay alguna forma de que ... podamos ... continuar con esto?" Julia preguntó con toda la confianza que podía reunir. "Como fotógrafa, creo que hay muchas más cosas que podríamos explorar, y que aún no hemos hecho".

Catherine levantó una ceja.

"¿En serio? Entonces, la pequeña y tímida fotógrafa quiere seguir trabajando para mí. Eso es interesante".

"Bueno, estoy interesada en tu pasatiempo", admitió Julia a pesar suyo. "Es algo fascinante, y creo que hemos hecho un gran trabajo juntos en términos de hacer arte".

Catherine lo pensó por un momento.

"Puedo tener otra cosa para ti. Sin garantías. Pero podría estar fuera de tu alcance".

La atención de Julia se despertó repentinamente.

"¿Qué es?"

"El fetiche de la esclavitud es más común en el mundo de los negocios de lo que piensas. Es muy popular entre los hombres poderosos, porque aman el cambio de roles. Les encanta ceder el control a las mujeres seductoras después de ser el jefe todo el día. ¿Estás interesada hasta ahora? "

"Seguro."

"Genial. Me pondré en contacto con los organizadores del evento para ver si puedes unirte".

"¿Evento?" Julia preguntó.

"Sí, es un pequeño evento que ocurre de vez en cuando. Es una fiesta de esclavitud, básicamente, donde los ricos y poderosos se divierten realmente, como adultos".

"Eso suena como algo que me encantaría ver".

Catherine sonrió.

"No tienes idea. Es tan sucio y vulgar, que todos están enmascarados. Todo es completamente discreto. Además, es una tradición".

"¿Qué estaría haciendo yo allí?"

"Tomar fotos. ¿Qué más sería? Quizás los organizadores del evento deseen algunas fotos hermosas para recuerdos o algo por el estilo".

"Definitivamente puedo hacer eso", respondió Julia. "Para ser honesta, desde que comencé a tomar fotos de tus sesiones de esclavitud, todo lo demás que hago en el trabajo parece muy aburrido en comparación".

Catherine sonrió.

"Sabía que te gustaría. Eres ese tipo de chica. Ahora, si me disculpas, tengo una cita en unos minutos".

"Oh, por supuesto. Gracias por tu tiempo".

Julia se levantó y extendió su mano para un apretón de manos antes de irse.

"Una cosa más", agregó Catherine. "Mis otros amigos no siempre juegan legalmente. Así que, si quieres seguir trabajando para mí, entonces debes estar segura".

"Estoy segura."

Catherine asintió con la cabeza.

"Eso pensaba. Nos mantendremos en contacto. Y nos pondremos en contacto contigo pronto".

CAPÍTULO 10

Una semana después.

Era la madrugada del martes.

Julia fue despertada por una serie de golpes en la puerta.

Salió de la cama, se miró brevemente en el espejo y luego abrió la puerta.

Para su sorpresa, era la secretaria de Catherine sosteniendo un pequeño paquete.

"Buenos días", dijo la secretaria con una sonrisa radiante.

"Buenos días, entra".

La secretaria entró en el pequeño apartamento con el paquete y Julia cerró la puerta.

"Lamento molestarla tan temprano", dijo la secretaria. "Estoy ocupada el resto del día, así que este era el único momento que tenía".

"No te preocupes. ¿Quieres un café o tomar algo?" Julia preguntó.

"Estoy bien muchas gracias."

"Entonces, ¿qué te trae por aquí esta mañana?"

"Catherine ha contactado con los organizadores del evento", respondió la secretaria. "A todos les encanta tu trabajo y piensan que tus fotos serían bienvenidas".

"Es una gran noticia. Me encantaría asistir".

"Sin embargo, hay una condición".

"¿Qué es?" Julia preguntó.

"El evento de esclavitud es exclusivo, y no dejan entrar a nadie extraño. Por lo tanto, deberás tener una iniciación antes de que puedas tomar fotos allí".

La noticia despertó a Julia más fuerte que cualquier taza de café.

"¿Qué quieres decir?"

"Hay un proceso de iniciación para los nuevos miembros. Me han dicho que no hay forma de evitarlo. Tienes que hacerlo, si quieres seguir trabajando para Catherine".

"Bueno, ¿qué requiere esta iniciación? ¿Algo extremo?"

"Cambia cada vez", respondió la secretaria. "Fui iniciada hace unos años, y fue bastante tranquilo. Pero para otras personas, vaya. No quisiera haber sido ellos".

Julia de repente sintió que su mente daba vueltas.

Quería el trabajo más que nada, y no quería decepcionar a Catherine al negarse.

"Dile a Catherine que lo haré", dijo Julia.

La secretaria sonrió y colocó el paquete en una mesa cercana.

"Ella sabía que te interesaría. Esto es para ti".

"¿Qué es?"

"Ábrelo y lo verás."

Julia levantó la tapa del paquete y vio una máscara dorada sobre una fina tela negra.

La máscara era elegante y similar a la que usa Catherine durante cada sesión de esclavitud.

"¿Para qué es esto?" Preguntó Julia, mientras tomaba la máscara para examinarla.

"Tendrás que usarla para el evento. Es del mismo tipo que Catherine, lo que hará que la gente sepa que eres su invitada y su sumisa".

Julia continuó mirándolo.

"Es una hermosa máscara".

"Ciertamente lo es. También hay un atuendo en el paquete. Tendrás que usarlo. Nada más, excepto los tacones".

Julia levantó la delgada tela negra del paquete.

Era completamente transparente.

"¿No se me permite usar nada más debajo?" Julia preguntó.

"No, nada. El evento comienza a las siete de la tarde del sábado. Un conductor vendrá a recogerte a las seis, así que prepárate. Se te permite usar un abrigo para cubrir tu cuerpo cuando camines hacia el auto, pero quítatelo una vez que llegues al evento. No olvides llevar la máscara y tu cámara ".

"¿Puedo hacerte una pregunta personal?"

"Claro", respondió la secretaria.

"¿Crees que puedo seguir con esto? Quiero decir, en tu opinión, ¿crees que podré manejar lo que sucederá en el evento?"

La secretaria sonrió.

Solo hay una forma de averiguarlo".

CAPÍTULO 11

Sábado por la noche.

La puerta del ascensor se abrió y Julia caminó rápidamente por el vestíbulo de su edificio de apartamentos.

Llevaba tacones altos y un abrigo grande.

Debajo, llevaba el vestido negro transparente y nada más.

Sostenía el paquete con la máscara de oro adentro, y otra caja que contenía su cámara.

Ella caminó tan rápido como pudo para que nadie la viera.

Un auto negro la esperaba, con el conductor sosteniendo la puerta abierta.

Cuando entró en el auto, vio a Catherine sentada en el asiento trasero.

Una vez que Julia se sentó, el conductor cerró la puerta y se dirigió hacia su destino.

"Te ves linda con ese atuendo", dijo Catherine. "Es agradable verte en algo un poco más sexy que lo que usas normalmente".

"Gracias. Te ves genial también".

Los ojos de Julia recorrieron el cuerpo de Catherine, que estaba mucho más desnudo.

Catherine no estaba avergonzada de estar sentada en el auto usando solo un delgado vestido negro.

Cada curva en su cuerpo era completamente visible, y sus grandes pezones marrones se podían ver a través del delgado material.

"Pareces un poco nerviosa", señaló Catherine.

"Más o menos. Todo este proceso es bastante intimidante para mí. Escuché que hay una iniciación por la que tengo que pasar".

Catherine sonrió.

"Has oído lo correcto".

"¿Puedes al menos darme una idea de lo que va a pasar?" Julia preguntó con timidez.

"Me temo que no, cariño. Pero no te preocupes. Estás en buenas manos".

"Eso espero. Dios, esto da un poco de miedo".

"¿Entonces por qué estás aquí?" Catherine preguntó sin rodeos. "¿Cuál es la verdadera razón? Tiene que ser algo más que curiosidad profesional. Admítelo, eres una puta en secreto".

"No soy una puta".

"Entonces tal vez debería pedirle al conductor que gire este auto y lo lleve de regreso a tu departamento.

"Espera", respondió Julia rápidamente. "Estoy aquí porque me gusta lo que haces. Creo que es emocionante. Quiero seguir observándote".

"¿Tienes fantasías de unirte? ¿Alguna vez pensaste en ser azotada, obligada a que use contigo un cinturón dentro de cualquiera de tus agujeros apretados?"

"Sí lo he hecho."

Una sonrisa maliciosa apareció en la cara de Catherine.

"Por supuesto. Sabía que tenías potencial de sumisión desde el día que entré en tu estudio. Por lo general, son las chicas tranquilas las que se convierten en las zorras más grandes"

"No soy una puta".

"La iniciación debería encargarse de eso. Recuerda, nadie te obliga a estar aquí. Puedes irte cuando quieras".

Un escalofrío de miedo y emoción fue enviado por la columna de Julia.

Se preguntó a qué se refería Catherine, pero Catherine simplemente volvió la cabeza con una leve sonrisa y miró por la ventana del auto.

CUARTA PARTE
Dolor y placer

CAPÍTULO 12

Se abrieron las puertas de seguridad y se permitió que el automóvil ingresara a la gran propiedad.

El auto se detuvo frente a una mansión, y las dos mujeres se bajaron de él.

"Aquí es donde nos ponemos nuestras máscaras", dijo Catherine. "Y quítate el abrigo. Es hora de mostrar ese bonito cuerpo que tienes".

Julia se quitó el abrigo y lo arrojó dentro del auto.

Una ligera brisa de viento le recordó lo vulnerable que era.

Sintió que el espacio entre sus piernas hormigueaba por el aire frío.

Sus pezones rosados se pusieron rígidos por una segunda ronda de brisa.

Julia cerró las piernas con fuerza en un débil intento de cubrir su feminidad.

Ambas mujeres se pusieron sus máscaras de oro.

Julia metió la mano en el auto y agarró su cámara.

Cerraron las puertas y el auto se alejó.

La entrada a la mansión estaba vigilada por dos hombres robustos.

También llevaban máscaras y permanecieron en silencio mientras las dos mujeres se acercaban a ellos.

"Contraseña, por favor", preguntó uno de los guardias de seguridad enmascarados.

"Toalla", respondió Catherine.

"Pueden proceder señoras".

El guardia abrió la puerta y entraron en la mansión.

Julia se maravilló de la extravagancia del edificio.

Parecía que fuera construido para una familia real.

Pinturas, decoraciones y artículos de colección estaban exhibidos en las paredes.

La entrada por la que entraron estaba cubierta por una gran alfombra roja.

Caminaron por un gran salón.

"Tienes que esperar un rato en la habitación de invitados", dijo Catherine. "Alguien vendrá a buscarte en breve".

Julia respiró hondo.

"Bueno."

"Estarás bien. Cálmate".

"¿Puedes decirme qué va a pasar?" Julia preguntó. "Estaría menos nerviosa si lo supiera".

"No. Espera en la habitación hasta que alguien venga por ti. Mantente puesta la máscara y deja tu cámara allí. Habrá tiempo de sobra para tomar fotos más tarde".

Catherine abrió la puerta y le indicó a Julia que entrara a la habitación.

La habitación de invitados era sencilla, con algunos muebles de madera.

Julia respiró hondo y entró.

CAPÍTULO 13

Perdió la noción del tiempo que esperó.

Ella nunca se quitó la máscara.

Después de aburrirse estar sentada y esperar, Julia se paró frente a un espejo y se miró a sí misma.

La máscara era encantadora.

Y no podía dejar de pensar en cómo sus pezones rosados y su vagina eran visibles a través de la delgada tela del vestido.

Se cuestionó a sí misma y a sus razones para estar allí.

Antes de que pudiera pensar más, llamaron a la puerta.

Entró una mujer, completamente desnuda, vestida solo con una máscara de oro.

"Sígueme", dijo la mujer desnuda con voz suave.

Julia la siguió fuera de la habitación y salieron por el pasillo.

Se había hecho más oscuro.

Muchas de las luces habían sido apagadas y había una gran cantidad de velas encendidas en todas las direcciones.

Había un grupo de personas enmascaradas de pie en el pasillo.

Algunos estaban desnudos, algunos llevaban trajes.

Todos llevaban máscaras.

Estaban parados en círculo, con Catherine de pie en el centro.

Catherine estaba completamente desnuda excepto por la máscara.

Era la primera vez que Julia veía el cuerpo completamente desnudo de Catherine.

Julia admiraba su figura tonificada y sus voluptuosas curvas con grandes pezones marrones.

Julia fue conducida al centro del círculo, parada directamente frente a Catherine.

Los otros invitados enmascarados en la habitación permanecieron en silencio.

"Bienvenida Julia", dijo Catherine. "El comité decidió admitirla en nuestro Club privado. No fue una decisión fácil, pero la calidad de su trabajo y su discreción es lo que permitió su entrada. Sin embargo, hay condiciones para esta aceptación, ¿le gustaría saber cuáles son?

"Sí", Julia asintió nerviosamente.

"Primero, debes experimentar la sumisión sexual para que el grupo lo vea. En segundo lugar, debo usar quince clips de ropa en tu cuerpo durante el proceso. Finalmente, debes tener orgasmos al menos dos veces durante la próxima hora. Todas las condiciones son obligatorias. Puedes aceptarlas o irte ".

Julia respiró hondo.

"Acepto."

"Dinos por qué aceptas. ¿Por qué quieres que se te hagan actos tan dolorosos y degradantes? Eres una muchacha muy dulce".

Julia pensó por un momento.

"Ver sus sesiones en los últimos dos meses me ha abierto los ojos a algo nuevo. Quiero seguir siendo parte de esto".

"¿Incluso si eso significa tener que pasar por esta iniciación?" Catherine preguntó.

"Sí."

"¿Y en qué te convierte eso?"

"En una puta".

Catherine asintió con la cabeza.

"Quítate el atuendo. Muéstranos tu hermoso cuerpo".

Hubo un escalofrío en la columna de Julia.

A pesar de las máscaras, Julia podía sentir todos los ojos en la sala esperando con anticipación.

Deslizó el atuendo transparente hasta los pies y se quedó completamente desnuda.

Ella resistió el impulso de cruzar las piernas y permitió que su entrepierna bien afeitada permaneciera descubierta.

También resistió el impulso de cubrir sus senos pequeños y permitió que sus pezones rosados sobresalieran.

Catherine dio un paso adelante y estaba a solo unos centímetros de Julia.

Extendió la mano y tocó el pequeño pecho de Julia, acariciándolo suavemente con la mano.

Rodeó el pezón rosado con su dedo, luego lo pellizcó con fuerza.

"Ohh ..." Julia jadeó.

"¿Te estoy lastimando?"

"Un poco."

"¿Nos detenemos entonces?"

Julia sabía que le estaban dando un ultimátum sutil.

"No. Por favor no pares".

Catherine pellizcó el pezón aún más fuerte, haciendo que Julia jadeara de nuevo.

"Puede que no te guste esto al principio. Pero te ..."

Una mujer desnuda enmascarada se les acercó sosteniendo una almohada con un pequeño montón de pinzas para la ropa.

Catherine tomó uno de los clips, lo abrió y lo colocó sobre el pezón de Julia.

Lentamente permitió que el clip apretara el pezón, poco a poco.

Catherine soltó la pinza que apretó el pezón con fuerza, haciendo que se hinchara.

"Duele mucho", dijo Julia con una desesperación tranquila.

"¿Quieres parar? Las condiciones no son negociables".

"¿Cuánto tiempo estará el clip allí?"

"Hasta que llegues al orgasmo dos veces esta noche. Puedo acelerar las cosas si quieres. Sería más fácil para un principiante como tú".

"Por favor..."

Catherine buscó otro broche de ropa, y lo usó sin piedad en el otro pezón de Julia.

"Ahhh ..." Julia gritó.

"Eso son dos clips hasta ahora. Quedan trece".

"¿Dónde los vas a poner?" Julia preguntó, casi con miedo.

Catherine se inclinó hacia delante y le susurró al oído a Julia.

"¿Qué tal en tus labios vaginales? Ese es el lugar tradicional para una mujer. ¿Quieres dejar de sufrir o unirte a nuestro club?"

Era el punto de no retorno.

Julia se decidió en un momento, incluso aun cuando le dolían mucho los pezones.

Sus pezones en vez de rosados se estaban volviendo de un tono rojo oscuro.

"Me niego a renunciar".

"Entonces recuéstate boca arriba. Y abre las piernas".

Julia se tumbó de espaldas sobre el piso alfombrado, con las piernas abiertas de par en par.

Su feminidad estaba completamente expuesta, esperando el dolor de los clips de la ropa.

Catherine se arrodilló y se tomó su tiempo para examinar el coño frente a ella.

Ella lo estudió y lo admiró.

Catherine tomó un clip de ropa, lo abrió y levantó el lado izquierdo de los labios de Julia.

"Esto puede doler un poco", advirtió Catherine. "Eres una mujer adulta. Así que actúa como tal".

Con esas palabras de precaución, Catherine soltó cruelmente el clip, haciendo que de repente apretara los labios, haciendo que Julia gritara.

Catherine sonrió y buscó otro clip, esta vez, soltándolo suavemente a los labios.

La presión del segundo clip provocó que los labios cambiaran de forma.

Catherine continuó el proceso hasta que el lado izquierdo de los labios de Julia se cubrió con pinzas para la ropa.

"¿Cómo se siente tu coño?" Catherine preguntó.

Julia apoyó la cabeza sobre la alfombra y luchó con el dolor de sus pezones y labios apretados por los clips de la ropa.

"Me duele mucho".

"Eso demuestra que eres humana. Estoy orgullosa de ti por durar tanto tiempo. Tu iniciación es más dura que la mayoría porque tu experiencia financiera no es la misma que la nuestra y no tienes antecedentes de esclavitud".

"Entiendo."

"Buena zorra. La parte difícil casi ha terminado".

Catherine buscó otro clip de ropa, esta vez colocándolo suavemente sobre los labios derechos de Julia.

Julia ya no retrocedió y no gimió.

Ya se había acostumbrado al dolor en sus áreas sexuales sensibles.

El patrón continuó hasta que todos los clips se usaron en el coño de Julia.

La vagina, antes linda y atractiva, se había deformado de repente.

Los labios vaginales se estiraban en diferentes direcciones como la arcilla.

Catherine miró dentro del coño rosado de Julia y vio que estaba mojado.

"Estás lista para tu primer orgasmo", dijo Catherine. "¿No es así?"

"Lo estoy."

Catherine azotó el centro del coño de Julia sin previo aviso.

El shock hizo que Julia gritara en una rara combinación de dolor y placer.

Las nalgadas en el coño de Julia continuaron hasta que las puntas de los dedos de Catherine se cubrieron con fluidos vaginales.

"Estás empapada, querida", dijo Catherine. "Creo que estás lista".

Con eso, Catherine insertó dos dedos dentro del coño y usó los dedos de su otra mano para jugar con el clítoris de Julia.

Fue una combinación potente.

Sus dedos eran hábiles para complacer sexualmente a otras mujeres.

Con los dedos estaba siendo trabajada de una manera particular y hábil.

Julia gimió de placer.

Ya no le importaba el grupo de personas enmascaradas que la observaban.

En ese punto, todo en lo que podía pensar era en la sensación de ardor en su coño y pezones.

Los dedos continuaron el trabajo frenético.

Catherine iba más y más rápido con más intensidad.

El cuerpo de Julia se sacudió.

Ella gimió.

Catherine sintió que Julia estaba al borde de su primer orgasmo, por lo que trabajó aún más duro, tocando el coño caliente.

Julia se retorció, gimió y su espalda se arqueó.

Julia dejó escapar un fuerte grito y sus dedos se curvaron, luego su cuerpo se relajó.

"Ese es el primer orgasmo hasta ahora", sonrió Catherine, mirando sus dedos que estaban cubiertos de jugo de coño. "Ahora es el momento del orgasmo número dos. Pero este va a ser un poco más difícil. Puedes dejarlo cuando quieras. ¿Lista?"

"Sí."

Catherine chasqueó los dedos, y dos mujeres desnudas enmascaradas vinieron y envolvieron correas de cuero alrededor de las manos y tobillos de Julia.

Guiaron a Julia a darse la vuelta, de modo que estaba de rodillas.

Extendieron las manos y tobillos de Julia, y los engancharon en ganchos en el suelo.

Julia estaba boca abajo, completamente atada e indefensa.

"Tu prueba final es de dieciocho centímetros en tu trasero. No te preocupes gatita, usaré mucha lubricación para ti".

Los ojos de Julia se abrieron.

Las correas de esclavitud en sus muñecas y tobillos estaban apretadas, y no tenía a dónde ir, a menos que decidiera renunciar, lo que terminaría permanentemente con su relación con Catherine.

Se negó a renunciar, incluso cuando sintió los dedos de Catherine empujar dentro de su trasero.

Los dedos estaban recubiertos de una gruesa lubricación.

Los dedos sondearon su pequeño ano tan lejos como pudieron.

Catherine no fue muy gentil.

Para ella era todo negocio.

Así que Julia simplemente puso su cara enmascarada contra el suelo y aceptó la penetración del dedo dentro de su culo.

"Voy a usar la correa con el pene que me has visto usar tantas veces en mis sumisos", dijo Catherine, recostada sobre el cuerpo de Julia. "Iré lento al principio, pero espero que sigas después con mi ritmo".

En ese momento, Julia tenía recuerdos de todos los hombres enmascarados que habían sido follados analmente por la variedad de diferentes cinturones de Catherine.

Julia se había imaginado estar en el papel de sumisa tantas veces antes.

Pero nunca había imaginado que realmente le pasaría a ella.

La punta del arnés presionó fuertemente contra el ano de Julia.

Catherine usó sus manos para separar las nalgas de Julia, lo que permitió que el objeto sexual penetrara en el pequeño agujero.

Julia gimió ruidosamente cuando el objeto entró en su cuerpo.

Lentamente se abrió paso dentro de su recto.

Ella cerró las manos con fuerza y apretó los dientes.

Cuando el objeto continuó el lento viaje en su culo, abrió la boca y dejó escapar un gemido.

Continuó hasta que la entrepierna de Catherine presionó contra su trasero.

"Chica valiente", dijo Catherine al oído de Julia. "La mayoría de la gente ya habría renunciado. No tú. Ya casi has terminado. Esto se sentirá bien en un momento".

Catherine se retiró lentamente del recto de Julia, y luego dio un suave empujón, metiéndolo profundamente dentro una vez más.

Usaba lentamente el ritmo de acuerdo con la tensión de Julia.

Cada empuje hacía que Julia gimiera.

Julia miró alrededor de la habitación mientras estaba siendo sodomizada.

Los invitados enmascarados estaban en silencio y miraban el espectáculo.

Se preguntó qué pensarían de ella.

Se preguntó si estaban excitados.

Se preguntó si querrían también entrar en su trasero.

El empuje dentro del culo de Julia continuó.

Al dolor pronto se unió el placer.

Sus pezones y su coño todavía le dolían mucho por los clips de la ropa.

El dolor continuaba creciendo, pero el placer también creía con igual intensidad o mayor.

Su ano todavía le dolía por el juguete sexual de dieciocho centímetros, y no se acostumbraba por completo.

Pero había un extraño placer creciendo dentro de ella.

Ser follada analmente para que todos la vieran era emocionante.

Era sensacional.

Los empujes se hicieron más rápidos y profundos.

Catherine mostró menos piedad y menos ternura, y realmente comenzó a ser rudo con Julia.

Julia estaba siendo tratada como cualquiera de las sumisas de Catherine, lo cual era un cumplido para Julia.

Significaba que Catherine sabía que Julia era lo suficientemente fuerte y digna como para recibir el castigo anal.

"Puedo sentir tu orgasmo acercándose", dijo Catherine, mientras empujaba. "Córrete por mí, querida. Hazlo y únete a nuestro club".

"Lo estoy intentando", jadeó Julia.

"Quizás esto ayude, gatita".

Catherine buscó debajo y comenzó a jugar con el clítoris de Julia, mientras la sodomizaba.

La sexualidad de Julia estaba siendo asaltada por todos lados.

Le dolían los pezones.

Le dolían los labios.

Su ano y recto estaban siendo golpeados sin piedad.

Ahora su sensible clítoris estaba siendo masajeado.

"¡¡¡Oh, Dios mío!!!" Julia gimió.

La espalda de la joven se arqueó violentamente, y sus manos y pies se apretaron con todas sus fuerzas.

Los fluidos salieron de su coño y cubrieron el suelo.

Por segunda vez, se corrió delante de todos una vez más.

"Felicidades", dijo Catherine, frotando el cabello de Julia. "Ahora eres miembro de nuestro club".

Catherine sacó lentamente el juguete sexual del trasero de Julia y se levantó.

Ella observó a Julia en el suelo.

Julia estaba agotada sexualmente por el momento y lentamente volvía a sí misma.

Las otras mujeres enmascaradas vinieron a desatar a Julia, y le quitaron las pinzas de los pezones y el coño.

Julia se puso de pie, y los otros invitados enmascarados en la sala dieron un aplauso a su nuevo miembro.

EPÍLOGO

Seis meses después.

Julia llevaba un hermoso vestido mientras esperaba en el ascensor.

Ella sostenía un gran sobre amarillo.

Una vez que llegó a su piso, saludó a la secretaria con una sonrisa familiar.

Luego entró en la oficina de Catherine.

Se intercambiaron bromas y Catherine abrió el sobre para mirar las imágenes recién reveladas mientras ambas se sentaban.

"Te has superado a ti misma", señaló Catherine, mirando las fotos. "Trabajo exquisito. Los ángulos de la cámara, la iluminación, el tiempo. Estas son perfectas. A nuestros amigos del club les encantarán".

"Gracias. Espero que las disfruten".

"Es una pena que estas imágenes tengan que permanecer privadas. Tu talento como fotógrafa debería ser reconocido por mucha más gente".

"El reconocimiento tuyo es suficiente", dijo Julia con valentía.

Catherine sonrió.

"Que chica tan dulce".

"Vi mi cheque colocado en el escritorio de la secretaria. Estoy segura de que es otro pago generoso, por lo que estoy muy agradecida. Pero hoy esperaba algo un poco más ... extra ..."

Catherine se agachó en su oficina para quitarse las bragas debajo de la falda.

"Muy bien. Tienes treinta minutos antes de mi próxima reunión".

"Gracias."

Julia se acercó al escritorio de manera informal.

Ella trató de ocultar su impaciencia, pero ambas sabían cómo se sentía realmente Julia.

Catherine abrió las piernas y vio a Julia ponerse de rodillas.

El límite era treinta minutos, por lo que Julia no perdió el tiempo y comenzó a comer el coño de su Ama Dominante hasta que llegó al punto del orgasmo.

EJECUTIVA MUY DOMINANTE Y CALIENTE
POR
ERIKA SANDERS

CAPÍTULO 1

Hay momentos en tu vida en los que te encuentras en el límite.

Tu estómago se siente como si estuviera siendo aplastado por una manada de elefantes, y no estás seguro de que despertarte por la mañana sea lo mejor para ti.

Actualmente estoy en esa circunstancia.

Es como si me encontrara al borde de un acantilado.

Miro con temor a las rocas irregulares que están debajo y rezo por un salvavidas.

Me duele aún más saber que es probable que me lleve a mucha gente buena por delante conmigo.

Personas que no tienen idea de que se están balanceando en el borde del mismo precipicio.

Sonreí y saludé con la cabeza a Janeth, nuestra secretaria, mientras pasaba por su escritorio.

Pasé semanas convenciéndola de que dejara su posición segura y bien financiada en un bufete de abogados y se vinera con nosotros.

Las promesas de opciones sobre acciones y la riqueza más allá de sus sueños finalmente la convencieron de correr el riesgo.

Ella era maravillosamente organizada, alguien a quien necesitábamos profundamente.

Si revisara su escritorio, podría estar seguro de que estaría todo bien ordenado y sin ninguna grieta.

Mi corazón se detuvo por un momento cuando vi las fotos de sus tres hijos en la esquina de su escritorio.

Una madre soltera con todas las pruebas que conlleva.

Y me la llevaré a ella y a sus hijos por el acantilado.

Me sentía enfermo otra vez.

Entré en mi oficina, bueno, más como un cúbico en el centro del plan de la oficina abierta.

Podía revisar a toda la compañía desde aquí.

Simplemente me incorporaba y hacía una revisión de trescientos sesenta grados para ver a todos trabajando duro.

Me senté y me escondí.

Todo se derrumbará el lunes.

No estaba seguro de poder pagar la nómina.

El estrés me golpea en una ola.

Rápidamente me detuve a mirar mi bote de basura y tiré mi desayuno.

Janeth entró corriendo mientras estaba ocupado cerrando el forro de plástico.

"¿Está bien, señor Carrington?" preguntó con preocupación maternal.

'No, voy a arrojarme por un precipicio después de atropellarlos a todos', pensé para mí.

"Solo había algo malo en mi desayuno", mentí.

"Hay algún tipo de gripe por ahí", agregó Janeth, "tal vez debería tomarse un día libre y ponerse bien".

La idea de esconderse en casa era muy atractiva, pero no podía hacer nada desde casa.

Necesitaba más capital de inversión para ayer.

Todos mis cauces normales se habían secado.

"No, estaré bien", dije, "Voy a lavar esto un poco y ya vuelvo".

Ella intentó no respirar mientras pasaba con el bote de basura en mis manos.

La mirada de preocupación de Janeth era difícil de ignorar.

Ella, de todas las personas, tenía la imagen más cercana de la condición de la compañía, pero no sabía que el pago de un préstamo de medio millón de dólares vencería el lunes.

Ella sí sabía, sin embargo, que el banco y yo habíamos tenido algunas llamadas acaloradas.

'No hay prorroga' fue la última palabra.

No se necesitaba un lector de mentes para darse cuenta de que algo no estaba bien.

Tenía una reunión con un capitalista de riesgo bastante delicada en una hora.

Era un tiro al azar, pero necesitaba disparar hacia algún lugar.

En este punto, estaba dispuesto a intercambiar lo que fuera con cualquiera que estuviera dispuesto a apuntalar las finanzas.

Solo necesitaba tiempo.

Solo faltaban seis meses para un buen flujo de caja.

Pasé junto a Ralph Seams y sus muchas pantallas de código fuente.

El hombre vivía en un mundo binario.

Llevarlo con nosotros fue una de mis mejores victorias.

No tenía idea de cómo podía lidiar con cuatro pantallas planas llenas de galimatías, pero su magia siempre parecía funcionar.

Apenas llegué al baño cuando recordé su auto nuevo, su nueva casa, y su nueva esposa.

Me revolucionó la bilis de la manera más dolorosa.

Me merecía el dolor.

Debería haberme dolido más.

El barco se estaba hundiendo y me había olvidado de comprar botes salvavidas.

Me tomó unos minutos recuperar mi compostura.

Me lavé la cara y me sobrecogí ante mis ojos rojos y sin sueño.

Estaba a un paso de ser un extra de un capítulo de 'The Walking Dead'.

No es de extrañar que Janeth pensara que tenía gripe.

Me enjuagué la boca un par de docenas de veces y alisé mi cabello.

El hombre en el espejo se veía diez años mayor que hace un mes.

Tomé un par de respiraciones profundas y reduje mi ritmo cardíaco a un nivel manejable.

Yo era el capitán de este barco que se hundía.

Necesitaba mantenerlo unido.

Era mi confianza lo que todos necesitaban ver.

Era lo que tenía que reflejar cuando intentara impresionar en la próxima reunión.

Me quería de vuelta a ser el mismo.

La fuerza motriz que había puesto esto junto no tenía miedo.

Metí lo inevitable en el fondo de mi mente.

Era solo miércoles, y había mucho tiempo para arreglar un desastre de medio millón de dólares.

Después de sacudirme una mañana de autodesprecio, salí del baño con coraje.

Tenía sonrisas para todos.

CAPÍTULO 2

Cuando Virginia Buttingson entró en las oficinas, el ruido normal del lugar pasó al silencio.

Era una mujer imponente y controlaba una gran cantidad de dólares de un capital de riesgo.

Estaba vestida para conquistar con una ajustada falda azul marino y una elegante blusa blanca con una bufanda roja acampanada.

Llevaba un cinturón de cuero con anillos entrelazados y se ataba el atuendo con una chaqueta de traje azul marino corta e inclinada.

Su meticuloso cabello castaño estaba en medio rizo, separado de su rostro y se mantenía detrás de sus hombros con un pequeño lazo azul marino.

El lápiz labial rojo fuerte y el rímel oscuro le deban una mirada exigente.

Parecía estar en sus cuarenta y pocos.

Sus agudos ojos parecían estar criticando cada rincón de la oficina.

Detrás de la señora Buttingson caminaban tres individuos con la típica pinta de abogados: Todos hombres y todos en traje negro.

Estaban casi bloqueando el pasillos, por lo que fueron conducidos a la sala de conferencias.

Respiré hondo y llevé a mi yo peleador de negocios a salir a la superficie.

Realmente me sentía como si yo tuviera a un par de tipos en traje detrás caminando conmigo, así que no me sentí tan superado en número.

Las presentaciones se realizaron sin problemas y entré en un espectáculo de perros y gatos.

Expuse durante treinta minutos para promocionar la viabilidad de nuestra solución de software basada en la nube.

Tenía todos los números y cuadros en la mente, junto con una gran cantidad de datos de marketing, estructuras de costos maravillosamente desarrolladas y una lista de socios de grado A.

Estaba a punto de entrar en una demostración del software real cuando de repente me detuvieron.

"No me está diciendo nada que no sepa", dijo Buttingson sin rodeos.

Estaba esperando que ella continuara, posiblemente diciéndome lo que quería saber.

En cambio, recibí un silencio mortal y sus fuertes ojos llenaron de agujeros mi anterior confianza.

"¿Qué información adicional está buscando, señorita Buttingson?" Le pregunté de la manera mejor posible.

Mantuve mi rostro firme, queriendo que ella viera que nada de lo que ella pudiera decir o hacer me inquietaría.

"Su nivel de desesperación", respondió ella rápidamente.

Sus ojos nunca dejaron los míos y no había humor en sus labios.

Ella me había calado.

"No estoy seguro de saber a qué se refiere", repuse, tratando de mantenerme firme.

Las visiones de mi desayuno en el basurero volvieron a golpearme.

"¿Podemos tener un momento en privado?" Era una orden para sus tres sombras de traje negro.

Se levantaron como una sola y salieron de la habitación.

Cuando la puerta se cerró tras ellos, su atención volvió a mí.

"El lunes estarás acabado. Vendrás aquí y les dirás a todas estas personas que pusieron su fe en ti que los estás jodiendo. Mis contadores me dicen que ni siquiera podrás hacer la nómina final".

Mi estómago envió un poco de bilis.

La ahogué de nuevo.

"No sé de dónde obtiene su información, pero ..." Empecé a defender a la compañía, pero ella me detuvo con una mano levantada.

"No me des una excusa de mierda". Parecía saber mis problemas al detalle. "Pero puedo hacer que todo desaparezca. Dormirás bien por la noche y esta gente no te considerará escoria de la suela de sus zapatos. Solo tenemos que llegar a un acuerdo".

Joder, no estaba preparado para esto.

Ella sabía que me tenía atrapada y que estaba a punto de ser jodido de manera capital.

Nunca me sentí tan minúsculo en mi vida.

Me enderecé y me puse en guardia.

"¿Qué tienes en mente?"

No iba a perder más tiempo tratando de maquillar más las cosas.

Ella ya sabía que estaba nadando en medio de la oscuridad.

"Tengo dos opciones para ti, ninguna de las cuales te gustará", declaró con determinación. "En la primera opción, espero hasta el lunes, cuando el banco solicita su préstamo y recojo las piezas de lo que quede de la compañía. Creo que tiene aquí un buen producto y debería poder conducirlo a la rentabilidad en un plazo de seis a doce meses. Puedo recortar los salarios de los empleados que me sean útiles y despedir a los que me sobren. No sería un ganar-ganar ya que todos te culparán del desastre".

Esperaba una sonrisa malvada, pero solo veía la misma cara de negocios.

La odiaba por tener el dinero para ser tan cruel.

"Eso sería muy desagradable", dije firmemente.

Ahora recibí una sonrisa.

No era malvada, era ganadora.

Creo que ella disfrutaba de mi desesperación, pero quería darme una salida.

No tuve que esperar mucho para la opción dos.

"En la segunda opción, firmo y extiendo su préstamo y le doy quinientos mil adicionales en capital de trabajo".

Su sonrisa aumentó.

Hasta ahora, yo estaba con ella en esta opción.

Estaba esperando la parte de "chantaje".

"A cambio, tengo un cuarenta y nueve por ciento de acciones y ..." hizo una pausa y bajó la voz, "algunas consideraciones adicionales".

Podría vivir con la pérdida de acciones.

Realmente no tenía otra opción y estaba sorprendido por el hecho de que ella no quisiera controlar la compañía interés.

El capital restante, el cincuenta y uno por ciento, fue una grata sorpresa, pero las "consideraciones adicionales" sonaban casi ilegales.

He sorteado leyes, pero no estaba a favor de romperlas.

"Defina 'consideraciones adicionales'", pedí en un tono menos autoritario.

Ella se puso de pie y caminó hacia mí de una manera poco profesional.

Su sonrisa pasó de ganadora a cruel y se unió a sus ojos.

"Los hombres como tú me intrigan". Ella movió su cara incómodamente cerca de la mía. "Eres inteligente, motivado y te encanta estar a cargo. Es lo que finalmente conducirá al éxito de tu compañía. Me gusta tratar con hombres como tú. No en negocios, sino en privado".

Hizo una pausa y yo tragué saliva.

Sus tacones hicieron que sus ojos estuvieran al nivel de los míos, lo que hacía difícil tratar de sentirse superior.

"Te doy lo que quieres y tomo lo que quiero".

Se volvió de repente, volvió a su asiento y se sentó.

Me di cuenta de que dejó un ligero aroma a almizcle a su paso.

"¿En privado?"

Quería que esto fuera claro.

No estaba seguro de lo que esperaba, pero tenía que ser mejor que decirle a Janeth que estaba desempleada.

"Muy privado."

Su sonrisa y sus ojos se suavizaron.

Estaban casi invitando.

"No puedo prometer que te guste, pero lo haré".

No podía creer que estuviera considerando esto.

Ella no era ya dura con los ojos y no era tan vieja.

Ella no podía llevarme más de diez años conmigo.

"¿Qué se esperaría de mí?" Pregunté.

Todavía estaba tragando fuerte.

No estaba acostumbrado a estar tan fuera del control.

Tal vez la quiebra sería mejor que esto.

Su sonrisa se volvió lujuriosa.

"Serás mi puta obediente"', dijo y se encogió de hombros. "Un par de veces al año, hasta que me aburra contigo. Los demás acuerdos comerciales permanecerán intactos cuando termine contigo".

La palabra 'puta' me resonó en la mente.

"Me obedecerás completamente durante veinticuatro horas; no se producirá ningún daño físico permanente, pero solo mi placer importará".

CAPÍTULO 3

"No estoy seguro de poder cumplir con eso".

Me propuse la idea para intentar una pequeña negociación, tal vez tratar de establecer algunos límites.

"Es todo o nada, señor Carrington. Intercambie un poco de orgullo personal conmigo y su orgullo público quedará intacto".

Ella no estaba dejando nada abierto a la negociación.

Yo estaba jodido de cualquier manera.

"Necesito una decisión. No estoy interesada si no está completamente comprometido".

No tenía demasiadas opciones y tampoco tenía tiempo.

Me imaginé enfrentando la vergüenza de la bancarrota y fallando a mis empleados.

El tiempo y el capital de trabajo que ofrecía harían que la empresa brillara como nunca antes.

Podría ser una puta por veinticuatro horas.

Soy adicto al éxito.

"Trato hecho", fue todo lo que dije.

"Bien", dijo y buscó en su maletín, "aquí hay una clave con mi dirección adjunta. Estará allí este sábado a las nueve de la mañana. Nadie más deberá conocer esta parte de nuestro acuerdo". Ella me dio esa cálida e invitadora sonrisa de nuevo. "Llamemos a los chicos para que revisen el papeleo".

Tomé la llave y la guardé en el bolsillo.

Me sentí consternado al descubrir que la señora Buttingson lo había dejado claro todo en los documentos.

Ella podría ejercer el derecho de dejarlo todo, sin aportar ninguna razón, el próximo lunes.

De repente, sentí que me llevaban de la mano.

Y con los demás en la sala, nuestra conversación fue menos franca.

"Es que debo tener el fin de semana para considerar las opciones", dijo, "tengo que asegurarme de que ambos podamos cumplir con nuestros compromisos".

"¿Cómo protege eso mis intereses?" Contesté: "Tengo la intención de implementar completamente todas las condiciones del contrato, verbales y escritas. No tengo ninguna garantía de que hará lo mismo".

No tenía idea de cómo construir la confianza necesaria para hacernos felices a los dos.

Después de este fin de semana, podríamos tener la confianza necesaria, pero hoy había poco de ella.

"Haré que su préstamo sea extendido por un mes de buena fe, sin compromisos", respondió ella.

"Aceptado." Sonreí.

Puede que por otro mes no valiera la pena soportar su fin de semana, pero al menos eso me daba algo de tiempo para encontrar otra solución si todo esto se desmoronaba.

Me sorprendió la rapidez con la que ella pudo ampliar el préstamo con solo una llamada telefónica.

Yo había estado intentándolo durante cuatro meses, suplicando a oídos sordos.

Una llamada de ella y tuve otros treinta días.

Tienes que respetar, u odiar, ese tipo de poder.

Y me apunté a la prostitución unos minutos después.

No estaba escrito en los acuerdos, pero se sostenía sobre mí como un yunque.

Yo era suyo o estaría en la posibilidad de ser golpeado hasta morir por las personas que arrastraba conmigo a la ruina.

Me quité un peso de encima, pero otro tomó su lugar.

Nos despedimos con toda la cordialidad de ser unos nuevos socios comerciales.

Mi compañía sobreviviría mientras yo pudiera aceptar sus condiciones.

CAPÍTULO 4

El sábado llegó mucho más rápido de lo que hubiera deseado.

¿Cómo se prepara uno para ser una 'zorra obediente'?

No tenía ni idea de haber buscado ese tipo de compañía una vez antes.

Esa clase de compañía se frustraba con mi ternura y deseo de juego previo.

Siempre pienso que las mujeres son más frágiles de lo que realmente son.

Quiero decir, me gusta llevármelas a casa tanto como a cualquier tipo.

Sólo necesito su permiso primero.

Me duché, afeité y recorté un poco de vello sobrante.

Usé una cantidad considerable de desodorante y me salpiqué un poco después de afeitarme.

Al menos no olería mal.

No tenía ni idea de qué ponerme.

Me decidí por ropa de negocios casual.

Era bueno para la mayoría de las ocasiones y ocupaba el ochenta por ciento de mi guardarropa.

El otro veinte por ciento consistía en jeans y camisetas.

***

Me detuve en su casa esperando encontrarme con una gran mansión y descubrí algo mucho menos ostentoso.

Era una simple casa de ladrillo estilo colonial de dos pisos.

Tenía cuatro columnas de dos pisos que sostenían el techo sobre el porche.

Un cuidado césped y macetas de cemento llenas de flores le daban un aspecto cuidado.

Los árboles eran todos de edad antigua y prestaban una agradable vista a la casa.

Aparqué en el camino de entrada y toqué el timbre.

La señora Buttingson me abrió la puerta con una sonrisa agradable.

"Bien, llegas un poco temprano. Por favor, entra", dijo mientras abría la puerta.

El hall de entrada era estaba compuesto de dos pisos con una araña gigante que colgaba del techo.

Tenía cientos de cristales multifacéticos que reflejaban la luz de la mañana.

Parecía que el piso estaba hecho de una sola lámina de mármol, todo blanco con venas negras que no se rompían de pared a pared.

Todo se veía ostentoso de una manera rica.

Incluso los marcos que sostenían la obra obviamente cara se mezclaban perfectamente con la sensación de la habitación.

Una hermosa escalera de madera llegaba hasta abajo desde el segundo piso.

Lo único que parecía fuera de lugar era una cesta de mimbre grande y vacía al lado de la puerta principal.

"¿Nervioso?" ella preguntó.

"Aprehensivo", le contesté.

Sus labios estaban tan rojos como lo estaban en nuestro primer encuentro.

El color de su lápiz labial chocaba ásperamente con su piel pálida.

Ella había reunido su cabello en una sola trenza que corría hasta la mitad de su espalda.

"Poderosamente atractiva" vino a mi mente.

"No lo estés. Te diré lo que quiero. No pienses, solo hazlo". Ella me estaba dándome esa sonrisa amistosa de nuevo. "Es una cosa de control, me gusta controlar a los controladores".

Ahora estaba nervioso.

"¿Tenemos palabras seguras, o algo?"

Había hecho un poco de investigación con respecto a la dominación.

Había pensado que era hacia donde ella se dirigía, y acababa de confirmarme eso.

"Cada vez que sientas que es demasiado puedes irte sin problemas", dijo sin una sonrisa, "pero por supuesto que eso anularía nuestros acuerdos".

Sonreí a la situación.

A veces solo tienes que meterte en los agujeros que cavas.

Solo que tienes que hacerlo con confianza.

"Supongo que soy todo tuyo," dije encogiéndome de hombros.

"Me encantará borrar esa sonrisa de tu cara", reveló ella.

Su sonrisa era ahora más grande que la mía y ya no era amigable.

Forcé la mía para aumentarla.

Veremos cuánto de mí puede cambiar.

Ella se rió de mi pelea de sonrisas.

"Sabía que ibas a ser divertido".

El gran reloj en la parte superior de las escaleras comenzó a dar la hora.

"Quiero todas tus cosas en esa canasta. Ahí es donde deben estar hasta que te vayas", dijo, señalando hacia la canasta de mimbre.

Estaba en su poder ahora y era una orden.

"Una fácil", pensé.

Dejé mis llaves, teléfono, reloj y billetera en la canasta y me volví para mirarla.

"¡Dije todas tus cosas, puta!" Ella ordenó.

Su tono me tomó por sorpresa.

Por alguna razón, pensé que esto iba a ser un poco más cordial.

Apreté los dientes cuando me di cuenta de que se refería a mi ropa.

Sabía que llegaríamos a eso con el tiempo, pero estaba pensando en el dormitorio o algo así.

Me pasé el polo por la cabeza y lo tiré a la canasta.

Me incomodó que me hubiera movido tan rápido para realizar su demanda.

Reduje la velocidad a un ritmo más pausado: mi ritmo.

Me arrodillé y desaté casualmente mi zapato.

Escuché el zumbido antes de sentir el agudo pinchazo en mi espalda desnuda.

"¡Mierda!" Grité, más por la sorpresa que por el dolor.

"¡Más rápido, estás en mi poder, perra!" ella corrigió.

Miré la cara de un demonio.

Los mismos labios rojos, simplemente fruncidos en una expresión del mal.

En su mano, una hípica negra de unos sesenta centímetros de largo.

Al final había un trozo de cuero en bucle.

Ese fue el punto en el que comencé a cuestionar realmente la cordura del trato que había alcanzado.

El reloj ni siquiera había terminado su noveno timbre y estaba teniendo serias reservas.

Había perdido mi sonrisa.

"Y ya no habrá más arrebatos asquerosos de su boca", continuó, "usted se dirigirá a mí como Ama. ¿Entiende?".

Tuve una visión en mi cabeza de ponerme de pie y golpear mi puño en esos deliciosos labios rojos.

Pero vi a Janeth llorando y a Ralph tratando de consolar a su nueva esposa.

Mi estómago se revolvió.

"Sí", dije en voz baja y aceleré el desvestido.

El chasquido fue más fuerte y me estremecí antes de que me golpeara.

Contuve una tormenta de improperios y solo solté un pequeño gruñido.

"¿Si qué?" exigió.

Era la sumisión total.

Era contra todo en mi ser.

¿Veinticuatro horas?

No estaba seguro de que pasaría del primer minuto.

"Sí, Ama", dije entre dientes.

Rápidamente tiré mis zapatos y calcetines en la canasta y me puse de pie para quitarme los pantalones.

Su sonrisa había regresado.

De vuelta a la cálida y acogedora sonrisa.

Joder, la había complacido.

Yo la prefería a ella molesta.

Estaba enojado y era justo que ella también sufriera.

Me quité los boxers y los pantalones en un solo movimiento.

No los coloqué en la cesta.

En cambio, los tiré con una actitud de disgusto.

No me tenía que gustar.

La canasta patinó unos centímetros por la fuerza.

Recibí una sonrisa sarcástica.

No estaba seguro de si era por mi actitud o por el hecho de que mi polla ahora expuesta no mostraba gran interés por la situación.

"¡De rodillas!" exigió.

Rápidamente caí al suelo, el frío mármol aplastando mis rodillas.

Mantuve mi expresión de disgusto y miré desafiante, tanto como podía un hombre desnudo, en sus ojos.

"¡Mirada abajo!" ella ordeno.

Esta vez me moví lentamente.

Me aseguré antes de darle una mirada ominosa cuando mis ojos se movieron de los suyos, bajaron por su pecho, pasaron por su pelvis y terminaron a sus pies.

Ella era bastante delgada y apta para los cuarenta.

'Puta de cuarenta años', me corregí.

Se inclinó junto a mi oído.

"Quédate así. Mientras me preparo piensa en una buena disculpa con la canasta por lo que ha pasado", susurró con fuerza.

Su aliento caliente envió un escalofrío por mi espina dorsal.

Sus palabras enviaron furia a través de mi sangre.

Joder si me voy a disculpar por una canasta.

Ella se dirigió hacia las escaleras.

CAPÍTULO 5

La zorra me dejó allí, arrodillado sobre el frío mármol, durante quince minutos.

Lo sabía, porque hice trampa mirando el reloj en la parte superior de las escaleras.

Tenía que mostrar mi rebelión donde pudiera.

Sólo quedaban veintitrés horas y tres cuartos.

Mi cabeza estaba abajo, pero mis ojos se filtraron secretamente hacia arriba cuando el demonio bajó la escalera.

Esperaba algún tipo de atuendo ajustado de látex negro con tacones de punta larga.

Pero no esperaba lo que bajaba por las escaleras.

Estaba completamente desnuda.

Nada, ni siquiera joyas o adornos.

Su mano aún sostenía el látigo maldito con confianza.

Maldije a mi polla cuando comenzó a responder a sus pechos que rebotaban ligeramente con cada paso que daba.

Ella estaba caminando por las escaleras, mostrando a las claras el resultado de cualquier programa de ejercicios que ella realizara también.

"Perra, perra, perra", corregí mi cerebro.

Mi polla me ignoró como un traidor baboso.

Se paró frente a mí, mi cabeza apuntando a sus pies, mis ojos escudriñando entre sus piernas.

Me odiaba por querer ver.

Ahí estaba, a cincuenta centímetros de distancia, una linda hendidura sin vello, desnuda como el día en que nació.

Tragué antes de babear y obligar a mis ojos a volver al suelo.

'Perra, perra, perra. Y follando mi polla traidora'.

"¿Tu disculpa?" Sonaba como una pregunta, pero sabía que era una orden.

Me había olvidado por completo de idear una.

Es sólo una cesta de mierda.

"Lo siento, canasta," murmuré.

No podía creer lo vergonzoso que era decirlo.

El chasquido me advirtió una vez más lo que venía.

"¡Eso ... no ... suena ... sincero!"

Hizo hincapié en cada palabra con un azote punzante del látigo a mi muslo y costado.

Uno a la vez era manejable.

Yo involuntariamente arrugué mis ojos y apenas aprecié la ráfaga de golpes.

Visiones de agarrar la cosa de su mano y lanzar latigazos a través de su cuerpo inundaron mi cerebro.

¿Por qué estoy de acuerdo con esto?

Hizo una pausa, asumí que me dejaría intentarlo de nuevo.

Dejé que mis ojos se alzaran un poco, más para ver si se avecinaba otro golpe.

Lo que vi era algo brillando en los labios de su vagina.

Mi dolor la excitaba.

Esto era un perder-perder, no importa cómo reaccioné.

"Lo siento mucho, señora canasta. Nunca volveré a faltarle el respeto".

Lo saqué de la parte superior de mi cabeza y lo enuncié claramente.

La bruja se agachó a mi nivel.

Vi brevemente como sus labios inferiores se separaban y mostraban la flor rosa húmeda.

Levantó mi barbilla y forzó mis ojos a los de ella.

"Te creo", dijo con esa sonrisa amorosa.

Maldita sea, la hice feliz de nuevo.

Y esos jodidos labios rojos brillantes estaban a centímetros de los míos.

Los quería entre mis dientes para poder morder y ver si su sangre era tan roja.

Estaba seguro de que mi ira era evidente en mi cara.

Su sonrisa aumentó cuando sus ojos cayeron entre mis piernas.

Mi polla había decidido ignorar mi ira y disfrutar de su desnudez.

"Toca eso y te mostraré la verdadera ira", subrayó con los labios rojos rubí.

Ella enfatizó su punto tocando ligeramente mi erección con el extremo de cuero del látigo.

Me estremecí por las implicaciones.

Mi polla traidora se movió ante la atención.

'Jódeme me', fue todo lo que pude pensar.

Ella se levantó mientras inclinaba mi cabeza hacia el suelo.

Mis ojos volvieron a fijarse en sus pies, observando que las uñas de los mismos estaban impecablemente pintadas con un pulido rojo brillante.

"Sígueme", me ordenó y se dirigió a las escaleras.

"Sí, señora", dije sin pensar.

Cerré mis manos en puños para castigarme por caer en su juego.

Me dolían las piernas cuando me levanté.

Éstas no disfrutaron mucho de la posición de rodillas y se quejaron hasta que pude enderezarlas nuevamente.

Subiendo las escaleras conseguí que la sangre fluyera a través de ellas y recuperaran su vigor.

La seguí por detrás subiendo los escalones con inquietud.

Me imaginaba situaciones con algún tipo de cámara de tortura.

Y ver su culo apretado no estaba ayudando nada en la situación.

Con cada paso se balanceaba hacia la izquierda o hacia la derecha, pero nunca rebotaba.

Era como una almohada firme que rogaba ser acariciada.

Me quedé con las manos quietas y traté desesperadamente de ignorar la vista.

'Perra, perra, perra'.

CAPÍTULO 6

La seguí por el pasillo hacia una habitación en el otro extremo.

La aprehensión me volvió a golpear fuerte.

Ahí es exactamente dónde estaría una sala de sexo privada.

Lejos del paso habitual donde no era probable que los invitados tropezaran.

Mi corazón se aceleró un poco.

La idea de estar atado a algún artefacto extraño con la bruja demoníaca en total control no era una idea muy agradable.

Podría jugar a ser sumiso, pero no creo que pudiera llegar hasta el final.

Reduje mis pasos, tratando de darme algo de tiempo para pensar.

Ni siquiera había pasado una hora completa.

La vi desaparecer en la habitación.

Me detuve, cerré los ojos y traté de pensar hasta dónde estaba dispuesto a llegar.

Estaba dispuesto a seguir adelante siempre que pudiera detenerlo si así lo deseaba.

Esa era la línea que no estaba dispuesto a cruzar.

Ser esclavizado no era una opción.

Incluso si tuviera que esperar en la fila de desempleados, no le iba a dar eso a ella.

Mi orgullo volvió con fuerza.

Caminé hacia adelante con un propósito.

Esto estaba comenzando a terminar ahora.

Entré en la habitación y perdí el hilo de mis pensamientos.

La habitación era amplia y luminosa.

Dos puertas francesas se abrían a un balcón que estaba cubierto con macetas de flores de colores que daban a la habitación su perfume.

Había una cómoda blanca con botellas y lociones y una pila de toallas blancas frescas.

En el centro de la habitación había una mesa de masaje.

Y ella estaba recostada sobre su estómago con la cabeza sobre una almohada pequeña, sus ojos mirándome como dagas.

"¡Muévete, puta!" Ella escupió, "el aceite caliente está en la cómoda".

Un masaje lo podría hacer.

Si evitase sus ojos malvados, se vería deslumbrante sobre la mesa.

Tenía la curva correcta en la parte baja de la espalda para acentuar su trasero.

Sonreí a mi suerte.

"Lo siento, Ama", dije moviéndome rápidamente por el aceite.

Ella me dio un golpe en el culo con el látigo cuando pasé.

Por ello di un pequeño estremecimiento que pareció satisfacer su necesidad de castigar.

En verdad, no hubo ninguna fuerza detrás de eso.

Si se piensa bien, yo estaba al cargo ahora.

Su piel estaba a mi merced.

Ni siquiera me disgusté con mi polla, ya que se esforzaba por resaltar la belleza que tenía ante mí.

Tiré una toalla sobre mi hombro y saqué el dispensador de aceite caliente del calentador.

Podía oler el aroma a lavanda que el aceite estaba emitiendo cuando me moví hacia la mesa.

"Empieza con mis brazos", me dijo con voz suave.

Dejó el látigo en uno de los extremos de la mesa y colocó ambos brazos a lo largo de sus costados.

Eché un chorrito de aceite en mis manos y las froté para obtener un buen y uniforme compuesto.

Comencé en su mano derecha, específicamente la palma, con mis pulgares.

Sabía una o dos cosas sobre cómo dar un masaje.

He tenido algunos muy buenos y recordaba como se hacía.

Una vez tuve uno en un crucero que prácticamente me llevó al cielo.

Esa mujer mayor en sus sesenta años tenía las manos de un ángel.

Ella convirtió todos mis músculos en gelatina.

Trataría de duplicar sus talentos esta ocasión.

La señora Buttingson gimió mientras arrastraba mis pulgares sobre su palma.

Sentí que los músculos de su mano abandonaban su estrés.

Me moví hacia la muñeca después de otra capa de aceite, amasando suavemente, aumentando lentamente la presión al llegar al antebrazo más carnoso.

La vi respirar lentamente y ella reajustó su cabeza para su mayor comodidad.

Ella estaba deshaciéndose en mis manos.

Apliqué más aceite y trabajé en círculos lentos alrededor de su bíceps mientras miraba su trasero.

Realmente era una cosa de completa belleza.

Me moví alrededor de su cabeza, más allá del látigo ocioso, hacia su mano izquierda.

Repetí el proceso en ese brazo con más gemidos dados por la diablesa por respuesta.

Mi cabeza estaba flotando con visiones de agarrar el látigo y pintar unas buenas rayas en su culo firme.

Fue en ese momento cuando me di cuenta de que me estaba poniendo un poco nervioso.

Había estado en esto durante unos quince minutos y me sentía como si ya llevara un siglo en este juego.

"Deja de mirar mi culo", ordenó.

Me di cuenta de que sus ojos estaban mirando los míos.

"Es difícil de ignorar, Ama", dije y sonreí.

Pienso que dos podrían jugar a este juego.

No había dicho nada malo y acababa de darle un cumplido velado.

Tal vez pensaba que le había dicho que su trasero estaba bien, o era demasiado grande, o solo quería decir que estaba desnudo.

Pude notar los pensamientos detrás de su mirada y disfruté de su confusión.

Me moví sobre su cabeza, me cubrí las manos con más aceite y comencé a trabajar sobre sus hombros.

"¿Por qué es difícil de ignorar?" preguntó con un tono que sonaba un poco amenazador.

El largo retraso entre mi declaración y su pregunta fue delicioso.

Todas las mujeres dudan de sus cuerpos.

Incluso una perra rica y poderosa como ella.

No hacía falta ser un genio para saber que había golpeado en un punto débil.

"No soy yo quién para decirle, Ama".

Lo esquivé como un sirviente de principios del siglo XIX.

Tenía poco poder en la relación, pero agarraría lo que pudiera.

Sabía que esto podría estallar en mi cara, pero qué demonios.

Algunos riesgos son más divertidos que otros.

Ella gimió mientras yo amasaba firmemente detrás de sus orejas y a lo largo de su cuello.

"Déjate de jodiendas y responde", suspiró.

Era difícil para ella enojarse mientras trabajaba su cuello.

Podía sentir los músculos perdiendo su deseo de permanecer despiertos.

"Bueno, se destaca un poco, señora", me arriesgué.

Sabía que ahora mismo la situación se estaba inclinando hacia el lado malo del espectro.

Podía sentir los músculos tensándose bajo mis dedos.

Puede que haya llevado las burlas un poco demasiado lejos.

Me incliné hacia su oreja y susurré:

"Porque es jodidamente perfecto".

Omití a la Ama solo para burlarme de ella.

Quería ver cómo manejaría un cumplido mezclado con insubordinación.

Levantó la mano lentamente, agarró el látigo y me tocó ligeramente el muslo.

"Es jodidamente perfecto, Ama", reiteré.

"Entonces tienes mi permiso para mirar mi trasero", dijo en tono somnoliento y devolvió el látigo y su mano a la mesa de masaje.

Vi una media sonrisa y supe que debajo de su duro exterior yacía una mujer tímida.

Un punto para mí.

Comencé a trabajar en su espalda.

Puse mis manos engrasadas por su columna vertebral justo por encima de su trasero.

Luego regresé a lo largo de los lados hasta la parte superior, apenas raspando los lados de sus pechos aplastados.

Mi imaginación se activó y vi esos labios rojos rubí rodeando mi polla mientras me movía de un lado a otro a lo largo de su espalda.

Solo le habría tomado un poco de inclinación de su cabeza para lograrlo.

Rápidamente me moví de nuevo a su lado para sacar la imagen de mi cabeza.

Tenía una gran necesidad de lidiar con mi erección.

Pasé otros diez minutos en su espalda antes de ponerme de pie.

Si realmente quieres relajar a alguien, prueba un masaje con aceite caliente en las plantas de los pies.

Casi la dormí mientras trabajaba en los dedos de los pies y le frotaba las plantas con los pulgares.

Incluso pude calmar mi erección, al menos hasta que miré hacia arriba.

Acurrucada entre sus muslos, justo debajo de su trasero perfecto, se expuso parte de su íntima flor.

Sentí que una punzada volvía a excitar mi polla.

Traté de mirar hacia otro lado, pero había un brillo acogedor en los labios expuestos.

Estaba mojada y yo estaba caliente como el Infierno.

Labios preciosos, culo perfecto y coño brillante, esto era más de lo que un hombre debería soportar.

Me obligué a mirar sus pies y doblé mis esfuerzos.

No pasó mucho tiempo antes de que mis ojos volvieran al ápice de sus muslos.

Mis bolas me empezaban ya a doler.

Me moví hacia un lado y comencé a trabajar en la parte inferior de su pierna.

Ella restableció su posición sobre la almohada con los ojos cerrados.

Solo podía ver su maravilloso culo ahora.

Ambos conjuntos de labios estaban ocultos de mí, lo que ayudó un poco.

Volví mi mente a los negocios.

Pensé en lo que se podría hacer con el nuevo capital de trabajo.

Podría aumentar el marketing y, por lo tanto, aumentar las ventas una vez que estemos de nuevo en marcha.

Podría contratar para Ralph algo de ayuda y acelerar el desarrollo final.

Había una empresa especializada en interfaces de usuario que podría mejorar la experiencia del usuario.

Esos pensamientos no disminuyeron la hinchazón, pero sí que calmaron los impulsos inmediatos.

Otros quince minutos y solo su culo no estaba aceitado.

Por mucho que quisiera amasar esa carne apretada, no creía que mis pobres bolas pudieran soportarlo.

Tampoco estaba seguro de si su vuelta me iba a hacer ningún favor.

Tal vez la hora que ya había pasado con ella sería suficiente.

"Estás ignorando mi culo adrede", dijo con desdén.

Dejé de respirar por un momento mientras miraba su tensa perfección.

Ya era hora de un poco de verdad.

"Es que voy a explotar, Ama", dije con renuencia.

Esperaba que ella mostrara algo de misericordia.

Diablos, eso me aliviaría.

Levantó la cabeza perezosamente y miró entre mis piernas.

Seguí su mirada.

Había una larga cadena de líquido preseminal claro desde la punta de mi polla hasta el piso, terminando en un pequeño charco.

"Oh," dijo ella con poca compasión, "por el bien de sus empleados, espero que no lo pierda todo antes de que se acabe el tiempo". Ella apoyó la cabeza en la almohada. "Siga con el trabajo."

'¡Maldita puta!' Me dije a mí mismo.

Casi lo exprese en voz alta, pero su referencia a mis empleados me hizo retenerlo.

Era una puta demoníaca sexy y malvada.

Nunca había estado tan rebajado en mi vida.

Volví a recubrir mis manos con aceite, cerré los ojos y amasé esas magníficas nalgas.

Intenté imaginarme amasando masa de pizza.

No funcionó.

Terminé mordiéndome el interior de mi mejilla hasta que probé la sangre.

La odiaba con una pasión en ese momento.

Estaba empezando a pensar que mis pensamientos anteriores de la mazmorra hubieran sido preferibles.

El dolor me ayudaba así que me mordí la lengua.

Difícil.

Apliqué más aceite y decidí causar un revuelo.

Esta vez pasé el lado de mi mano entre sus nalgas, deliberadamente a lo largo de su ano.

No lo hice tiernamente y no fingí que fue un accidente.

Vi sus pies saltar.

No más de esta mierda lenta y tierna.

Mi polla me estaba matando y la ira y el dolor eran las únicas cosas que me daban un ligero respiro.

A propósito, arrastré mi mano hacia la grieta y me aseguré de que su ano no fuera ignorado.

Vi su cuerpo entero contraerse y su cabeza se levantó.

Ella se puso de lado, el culo lejos de mi alcance.

"De rodillas!" ella gritó.

Caí de rodillas y dejé caer mis ojos al suelo.

No podía creer lo duro que estaba respirando.

Al menos ya no podía ver su desnudez.

Mi pobre polla se movía, pidiendo alivio.

Cerré los ojos y recé por dolor.

Escuché el zumbido y no me inmuté cuando me golpeó en la espalda.

Disfruté del dolor.

Me apoyé en eso.

Fue una distracción maravillosa.

Un sonido salió de mi boca, no un gemido, más sino un gemido de alivio.

Otro zumbido, más poderoso que el primero, silbó junto a mi oído y me golpeó en el pecho.

Esta vez emití un "ahhh" cuando la sangre comenzó a irse de mi polla y volver a mi cuerpo.

No hubo un tercer golpe, aunque deseé un tercero.

"Más", le rogué.

Tenía que perder mi lujuria.

Había llegado tan lejos que decidí que no me detendría ahora.

Quería que la pasión me fuera arrebatada.

Me respondió con silencio.

Abriendo los ojos, miré hacia arriba.

Se puso de pie ante mí en su gloria desnuda, con esos labios llenos de rojo rubí y su látigo negro en la mano.

Tenía confusión en su rostro.

No me gustaba, aunque sabía que debía hacerlo.

"Por favor", le supliqué de nuevo.

Tenía miedo de que mis partes se rompieran.

Quería, por primera vez en mi vida, perder mi erección.

Levantó el látigo, se lo pensó mejor y la dejó caer a su lado.

"¡Ojos abajo! ¡Quédate así!" Ordenó y luego salió de la habitación.

CAPÍTULO 7

No tengo idea de cuánto tiempo se fue.

Todo lo que sabía era que el silencio y la falta de estimulación visual volvían todo lentamente a la normalidad.

Mi ritmo cardíaco bajó y sentí calma de nuevo.

En ese momento me costó entender cómo llegué al punto en que estaba pidiendo que me azotaran.

Guardé el conocimiento de que, a ella, obviamente, no le gustaba que se lo pidiera.

Había ganado otro pequeño control.

Cuando el demonio regresó, me encontró aún arrodillado y mirando el suelo.

Era una especie de posición terapéutica para mí en ese momento.

Me permitió pensar sin distracciones y el ligero dolor en mis rodillas me ayudó a bajar de mi situación preorgásmica.

Ella se recostó sobre la mesa.

"Comenzarás de nuevo", dijo ella, "permanecerás tranquilo y tus dedos serán amatorios".

Parece ser que ella tenía límites a su dominación.

Creo que ella encontró mi límite y estaba dispuesta a dar un paso atrás, pero no iba a admitirlo.

Me sorprendió escuchar la palabra 'amar'.

Eso no parecía encajar con el arreglo que ella había ideado.

Y precisamente no era una buena descripción de lo que estaba haciendo cuando ataqué su trasero.

Me puse de pie, flexionando mis rodillas, para recuperar la sangre en mis piernas.

Ella estaba magnífica acostada allí.

Sus pechos se habían relajado ligeramente hacia los costados y su cabello fluía sobre la almohada y hacia el suelo.

Se había quitado la trenza que le daba a su cabello un atractivo rizo.

Pero estaba algo tensionada.

Esta mujer estaba calculando.

Me prometí a mí mismo que seguiría siendo cauteloso.

"¿Por dónde le gustaría a mi Ama comenzar?"

Estaba de vuelta a principios del siglo XIX.

Sonreí, sintiéndome más como yo era otra vez.

"Brazos, hombros, pechos, barriga y luego el coño. En ese orden", declaró sin ninguna reserva.

Mi polla dio un tirón.

'Tú, perra', pensé.

Ella estaba tratando de ser más provocativa.

Ella me iba a hacer volver otra vez a ponerme.

Ella me iba a "matar" de ansiedad.

Cuando ella dijo "amar", quiso decir matar lentamente.

"Sí, Ama", le contesté.

Me aceité las manos y traté de pensar en el béisbol.

Odiaba el béisbol.

Fui a trabajar en sus brazos, lentamente como ella exigía.

Pude mantener mis ojos alejados de sus partes y concentrarme solo donde estaban mis dedos.

Sabía que esto solo funcionaría hasta que llegara a sus pechos, pero estaba funcionando ahora mismo.

Mi polla estaba bastante agotada y, con suerte, desearía retirarse.

Por el rabillo del ojo, vi una sonrisa de complicidad.

'Perra, perra, perra'.

Cuando llegué a sus hombros, tuve que pararme sobre su cabeza.

Mi visión periférica estaba captando sus labios rubí y sus pechos.

Mi polla respetó eso tanto como si fuera un señal de ánimo.

Respiré lentamente, tratando de disminuir el ritmo de mi corazón.

Bajé los ojos y solo vi sus labios.

Esos dos hermosos labios rojos rubí.

Ella se los estaba lamiendo muy ligeramente.

Miré rápidamente a sus ojos y vi humor en ellos.

Entonces ella suspiró, separando suavemente sus labios.

Dio un largo parpadeo cuando vio como mi polla comenzaba a crecer de nuevo.

Al menos su agotamiento pudo ralentizar un poco su renacimiento.

Cuando volví a mirarle a los ojos, ella se estaba mordiendo el labio inferior con ternura.

"Ama, por favor," le rogué.

Ella me tenía y lo sabía.

Debería haber tratado de negociar más duro, tal vez menos tiempo con más frecuencia en las citas.

Veinticuatro horas parecían más allá de la resistencia normal masculina.

"Mis pechos ahora".

Ella ignoró mis súplicas y mantuvo la presión.

Su sonrisa volvió a tomar esa cualidad malvada.

Apliqué una nueva capa de aceite a mis manos.

Me detuve asegurándome de que estuvieran bien cubiertas.

Necesitaba la mayor cantidad de bloqueadores que pudieran ayudarme.

Me incliné hacia adelante y, mientras lo hacía, sentí que su pelo desplegado me hacía cosquillas en la punta de la polla.

Casi salté de mí cuando sentí la suave caricia de sus trenzas.

Una pequeña media risita escapó de los labios de la perra.

Comencé a moverme a su lado, lejos de esas hebras de color marrón cosquilludas.

"Permanece donde estés y concéntrate en los pezones", ordenó. "Y con ternura", agregó, probablemente recordando mi trabajo anterior.

Tratando de no mover mi pelvis de ninguna manera, comencé a masajear sus pechos con ternura.

Con cuidado puse los pezones entre mis dedos índice y pulgar.

Sentí su cabello arrastrarse a través de mi creciente erección.

"Mmmm, eso se siente bien", susurró mientras movía lentamente la cabeza a derecha e izquierda, arrastrando su cabello de un lado a otro.

"Ama, por favor," le rogué de nuevo.

Mi polla estaba empezando a ganar su vigor anterior por lo que la situación bordeaba al miedo.

No estaba seguro de cuánto podía soportar antes de que se estableciera de nuevo el daño físico.

Quiero decir que el dolor de bolas era una cosa, pero el abusar de ello tenía que ser perjudicial para la paternidad.

"El vientre ahora", instruyó y señaló a su lado derecho.

Suspiré cuando me moví rápidamente hacia un lado y refresqué mi aceite.

Tenía la intención de pasar todo el tiempo posible ahí.

Si entornas los ojos correctamente, puedes formar un pequeño túnel de visión que cancela casi por completo tu visión periférica.

Aprendí esa habilidad en ese momento.

Sus tetas y su coño se desvanecieron de la vista y me concentré felizmente en su vientre.

Tenía que apreciar el éxito de cualquier programa de ejercicios en el que estuviera apuntada.

Podía sentir los músculos debajo de la piel.

Si ella fuera un hombre, habría tenido un paquete super plus.

"Supongo que, siendo hombre, tienes pensamientos sobre mis turgentes pechos", dijo en tono de conversación, "probablemente te gustaría saber cómo sería deslizar tu polla entre ellos".

Las visiones volvieron a invadir mi cerebro.

Bajé los ojos y no vi nada más que pechos resbaladizos y brillantes.

"¡Oh, Dios!" Exclamé mientras la sangre inundaba mi polla de nuevo.

Ella ignoró mi falta de servilismo en mi lenguaje.

"Sospecho que sería cálido tener tu polla envuelta entre ellos. ¿Cuánto tiempo crees que podrías durar antes de que te vacíes en mis labios?"

Su tono era indiferente.

Mis rodillas se estaban debilitando y me sentía un poco mareado.

Cerré los ojos y comencé la hiperventilación.

Estaba luchando duro para sacar de mi mente la imagen de sus labios cubiertos de semen.

Es extremadamente difícil no pensar en algo así cuando te lo están contando.

"Aceite en mi coño ahora," ella instruyó.

Levantó las rodillas y separó los muslos.

Estaba trabajando duro para debilitar mi erección mentalmente mientras volvía a engrasar mis manos.

Y estaba fallando miserablemente.

"Me gusta mucho porque nunca se sabe lo que puede pasar".

Mi polla emergió de nuevo por sus palabras.

Casi me agacho para vaciarla.

Un millón de dólares: eso era lo que significaba su contribución más la extensión del préstamo.

Era sólo un caso de bolas duras entre de un millón de dólares.

Me mordí la lengua y, con la mayor ternura posible, le masajeé el aceite en el coño.

Sentí cada cresta y el dar y recibir de sus tiernos y suaves labios.

Pero sin ver nada manteniendo los ojos cerrados.

"Usa las dos manos. Quiero que me des un orgasmo agradable y lento", ordenó.

Fui a trabajar respirando hondo, conteniendo cada respiración por unos segundos, luego soltándola lentamente.

Mi mano izquierda estaba ocupada probando su capucha para excitar su clítoris.

Lentamente inserté dos dedos de mi mano derecha en su cálida abertura.

Ella no necesitaba aceite, su tormento sobre mí fue suficiente para empapar todo su canal.

"Sí, eso se siente bien", alentó ella, "así, agradable y lento".

No iba a poder hacerlo.

Incluso con los ojos cerrados, mis sentidos sabían dónde estaban mis manos.

Iba a lanzar mi carga y aunque nunca tocaría mi polla.

Solo había una solución.

"Eres una perra!" Anuncié y moví mi trasero hacia la cabecera de la mesa.

El silbido del látigo fue casi instantáneo.

Ella estaba esperando a que me rompiera.

Esta vez le di lo que quería, grité de dolor cuando el látigo encontró mi trasero.

Sus caderas se sacudieron hacia arriba.

Grité de nuevo cuando el segundo golpe aterrizó y sentí que los músculos de su coño se apretaban contra mis dedos.

El látigo cayó al suelo mientras su orgasmo tomaba el control total de su cuerpo.

Mi mano izquierda se movía rápidamente, jugando con su clítoris, mientras que mi derecha forzaba sus dedos más profundamente.

Un fuerte gemido resonó hacia el balcón y su espalda se arqueó.

El gemido subía y bajaba en frecuencia a medida que oleadas de placer surcaban su cuerpo.

Luché por mantener el asalto con mis dedos.

Cuando sus caderas cayeron, reduje mi mano izquierda a suaves caricias.

Mi derecha fue a un lento masaje interno.

Ella suspiró ruidosamente y bajó las rodillas.

Mi necesidad se había reducido ligeramente mientras me había concentrado en la de ella.

Una extraña relación inversa.

Extraje cuidadosamente mis manos mientras su respiración se hacía más lenta.

Miré hacia abajo su cuerpo flojo y saciado y de alguna manera lo encontré hermoso.

Me agaché y recogí el látigo del suelo.

Como un idiota, se lo entregué.

"Espero que mi Ama me perdone por llamarla perra", dije con falsa sinceridad, "sentí que necesitaba un poco ... de ánimo".

Estaba preparado para un par de golpes más, bien colocados.

Valía la pena por hacerle saber que tenía su atención.

Sorprendentemente, ella tomó el látigo y palmeó mi antebrazo.

"Ese momento fue excelente", dijo con su cálida e invitadora sonrisa.

Empujé con ternura un mechón sudoroso de su cabello desde el frente de su cara hasta detrás de su oreja.

Tenía un fuerte deseo de besar esos labios rojos rubí.

Sacudí la cabeza y aparté la mirada.

La perra me había estado torturando durante más de una hora.

No iba a empezar a gustarme ahora.

Pensaré en gustarme el lunes cuando tenga un millón de dólares.

Veinticuatro horas de repente no parecía tan imponente.

CAPÍTULO 8

Se sentó en el borde de la mesa.

"Me bañarás ahora", dijo ella mientras volvía a controlarse.

Estaba rezando para que mi polla viera esto como una operación clínica.

Estaba realmente preocupado por la cantidad de erecciones insatisfechas que un hombre puede tener en un día.

Tal vez una polla podría rendirse y no volver a levantarse nunca más.

No era un fan de esta mierda de negación.

Cuando se puso de pie, su pie resbaló con algo en el suelo.

Vi la parte posterior de su cabeza moviéndose rápidamente para golpearse con la mesa.

Sin pensarlo, me acerqué y ella terminó segura en mis brazos.

Suspiré de alivio.

La adrenalina bombeada en mi sistema me hizo temblar un poco cuando la puse de pie.

Ni siquiera me di cuenta de que estábamos desnudos y que la estaba sujetando por los pechos hasta que la solté.

Era la segunda vez hoy que veía confusión en sus ojos.

Por un breve momento, ella perdió el control y yo me convertí en el controlador.

No sé por qué sentí la necesidad de meterme en un problema, pero lo hice.

"¿Tiene la Ama problemas para decir gracias?"

Sonreí cuando lo dije.

Era una sonrisa irónica que merecía una bofetada.

Quería apretar su paciencia ya que ella había estado jugando por todo el tiempo con la mía.

Recibí algo que no esperaba.

"Gracias, Richy", dijo con sinceridad.

Se inclinó hacia delante y me besó la frente.

Era el tipo de beso que una madre le daría a un niño.

La diferencia fue que mi madre nunca tuvo unos labios rojos rubí tan sensuales.

Me encontré apoyándome en ella y deseando que fuera más que el beso que era.

"Ahora limpia el piso. Tu baba de la polla casi me mata".

Su voz volvió instantáneamente a la perra.

Tomé una toalla limpia, y en manos y rodillas, comencé a limpiar los pequeños rastros de líquido preseminal que había dejado en el suelo alrededor de la mesa.

Me pregunté si uno podría deshidratarse al perder líquido a este ritmo.

Me tomé mi tiempo con ella de pie detrás de mí.

Parecía disfrutar observándome desnudo mientras limpiaba el piso.

Disfruté reteniendo el inevitable regreso al sufrimiento.

Tal vez podría hacer algo colada o algo así.

***

Cuando la mayoría de las personas se bañan, se trata de una bañera con un grifo elevado o de un espacio de plástico de cuatro por cuatro.

A esta mujer le gustaban las duchas.

Era un cubículo pequeño con múltiples cabezales de ducha en dos direcciones y una especie de máquina de lluvia que colgaba como una lámpara del techo.

Había un banco, no una especie de asiento, sino un banco de mármol negro de aproximadamente metro y medio de largo que corría a lo largo de la pared.

Las paredes, el piso y el techo estaban decorados con azulejos estampados, no azulejos con patrones, sino patrones hechos de azulejos de diferentes colores.

Estos patrones eran de buen gusto con diferentes estilos en capas y en bandas.

Había colocadas estanterías con botellas de plástico e utensilios de fregado.

La luz natural que entraba por las ventanas escarchadas hacía que toda la habitación se viera muy atractiva.

"Wow", dije, olvidando a la 'Ama' una vez más.

Nunca me había impresionado con una ducha antes.

Realmente no sabía que podía ser impresionado por una.

No vi llaves donde esperaba que estuvieran.

Abrir y cerrar el agua era un misterio.

Una vez tuve, hace muchos años, una novia que disfrutaba mucho haciendo el amor en la ducha.

Solo podía imaginar el orgasmo que ella tendría en un lugar como este.

No había pensado en Wendy en años.

Ella me dejó por un contable que era un poco más casadero.

La ruptura fue incluso en la ducha después de un poco de sexo húmedo.

Ella quería un jugueteo más húmedo.

Estaba en su boda cinco meses después.

Era una buena chica y yo realmente le deseé lo mejor, pero las duchas nunca han sido las mismas desde entonces.

La señora Buttingson entró en el cuarto de baño y se fue a trabajar en un panel plano incrustado en las baldosas cerca del frente.

Sus dedos eran un borrón cuando practicó una serie de elecciones e hizo unas selecciones antes de que pudiera leer lo que eran.

Presionó un botón verde digital que apareció y la pantalla se volvió negra.

El agua comenzó a llover desde el techo de manera suave, pero obviamente fluida.

Ella se quedó en la entrada, esperando.

Me encogí de hombros y esperé con ella.

Fue tal vez quince segundos después cuando escuché el comienzo de la sinfonía.

Era una que creía reconocer, posiblemente de Mozart.

Tenía que ser uno de los grandes compositores ya que mi conocimiento en esa área de la música era muy limitado.

Solo podía asumir que el inicio de la música indicaba que el agua había alcanzado la temperatura deseada.

Tan pronto como la música comenzó, ella se tambaleó en el agua.

Era casi como si me estuviera bailando un poco.

Lo encontré mágico y muy erótico.

Mi polla estaba dispuesta a ignorarlo en la humedad creciente.

Me moví detrás de ella y bajo la lluvia del agua.

El agua era un par de grados más cálida de lo que me parece perfecto.

Obviamente, era la temperatura exacta que ella deseaba.

Ella empapó su cabello bajo la caída del agua y lo cepilló apartando el agua de su cara.

Agarró una botella de algo de uno de los rincones.

"Primero el pelo", dijo sin respeto.

Tomé la botella de su mano extendida.

Se sentó en el extremo del banco, con las piernas extendidas hacia la lluvia cálida.

Puse una rodilla en el banco para poder acercarme más y me sorprendió que no sintiera el mármol frío.

¡La maldita cosa estaba caliente!

Me puse un poco de champú en la mano y fui a trabajarla.

Esta había sido la parte favorita de Wendy.

Le daría un masaje en el cuero cabelludo bajo la apariencia de champú, y cuando terminara, ella me pegaría a la pared con pasión.

Sabía que no podía revivir esos maravillosos chapuzones de la ducha con esta perra, pero podía hacer que ella sintiera algo de eso.

Le puse el champú en el pelo y presté mucha atención a frotar sus sienes cada vez que mis dedos se acercaban.

Sabía lo que eso podría hacerle a Wendy.

Supuse que estaba haciendo lo mismo con mi tentadora demoníaca.

Ella se recostó en mis manos y arrulló un poco.

Sí, la estaba afectando mucho.

Me gustó el poder que me dio, el conocimiento de que al menos su sistema nervioso se estaba desvaneciendo ante mí.

"No te atrevas a parar", ordenó con una sonrisa.

Tengo poca idea de lo que las mujeres pensaron de mí fuera del dormitorio, pero ninguna se había quejado de mis mimos.

Disfrutaba del juego previo, los actos desinteresados de pasión que envían a una mujer a las nubes.

Empleé esos talentos aquí.

Cuanto más la hiciera feliz, más corto sería cuando ideara más sufrimiento.

Pero no podría haber estado más equivocado.

CAPÍTULO 9

La observé separar sus piernas mientras estiraba su cuello entre mis dedos.

Su mano se movió sensualmente entre sus piernas y un gemido escapó de sus labios.

Nunca antes había visto a una mujer autocomplacerse, al menos no en persona.

Lamentablemente, mi polla comenzó a apreciar ese espectáculo.

Inconscientemente, aceleré el movimiento de mis dedos.

"Más lento", ordenó y se echó hacia atrás para darme una vista en dónde estaban ocupados sus dedos.

Intenté no mirar, pero era demasiado maravilloso como para perdérselo.

"Traje a una mujer aquí una vez", dijo seductoramente.

Arrugué mis ojos y esperé que su historia terminara ahí.

"Ella amaba el agua tibia que caía en cascada por nuestros cuerpos. Dios mío, yo amaba sus pechos. Estaban tan firmes con los pezones rosados hinchados que solo pedían que los chuparan".

Ella continuó su tortura mientras su mano aumentaba su ritmo.

Estaba duro como una roca otra vez, tratando desesperadamente de evitar que mi erección la rozara.

La fricción podría acabar con todo rápidamente.

"Las cosas que ella podría hacer con su lengua". Ella continuó recordando. "Cuando estaba entre mis muslos, pude sentir su lengua curvándose dentro de mí, llevándome a lugares a dónde ningún hombre podría llevarme nunca".

'¡Que me jodan!' Iba a correrme.

Pensé en hacerlo con estilo, simplemente agarrando mi miembro y descargando en los pechos de la perra.

"¡Tengo que ir a hacer pipí, Ama!" Yo grité.

Y me correría a la vez.

Ella tenía que dejarme orinar.

Esa era la oportunidad que estaba buscando.

Dame un baño y diez segundos y lo descargaré todo.

Si eso me dejara aguantar una de las próximas veinte horas, simplemente sería una bendición.

"Con una erección como esa, va a ser difícil que lo puedas hacer", dijo y sonrió a sabiendas.

Ella giró su cuerpo hacia mí y sacó sus dedos de entre sus piernas.

Estaban brillando con su humedad.

"Ni siquiera me has dejado terminar; e iba a decirte lo maravilloso que había sido".

Y con eso ella, y con sus jueguecitos sádicos, se pasó los dedos cubiertos de su humedad por los labios rojos rubí.

Involuntariamente, gemí.

Caí de rodillas y formé puños con mis manos.

"Por favor, déjeme correrme", le susurré.

Mi polla se movía por su propia cuenta.

Esta mujer podría ponerme al límite a voluntad.

Mi compañía, mi sustento estaba en sus manos.

Su mano golpeó mi hombro con fuerza.

No iba a repetir la sumisión adecuadamente.

Joderla.

"Tú ganas, perra", dije y mi mano fue para mi erección.

Lo soltaría aquí mismo en la ducha, que era un lugar tan bueno como cualquier otro.

Ella se movió más rápido de lo que creía posible.

Su mano se disparó y atrapó mi muñeca, no con fuerza, solo la agarró.

Sólo lo suficiente para que me detuviera.

"No", dijo ella.

Ella sonaba desesperada.

"Nos tomaremos un descanso. Fui demasiado lejos, pero un descanso como la última vez funcionará".

Había profunda preocupación en sus ojos.

Ella no estaba tratando de doblegarme, solo quería el control.

Si quisiera, la obligaría a dejarme hacerlo.

Mi polla se levantó sólo con ese pensamiento.

Un descanso ya no era una opción, el acuerdo sería nulo, lo quisiera o no.

Me puse de pie lentamente, con una mirada de ira en mi cara.

Estaba tirando un millón de dólares y arruinando la vida de muchas personas.

Había miedo en su cara.

Agarré un puñado de su cabello cubierto de champú, le eché la cabeza hacia atrás y di un paso adelante.

Mis labios estaban a centímetros de esos deseables rubíes rojos.

"Por favor, tócame", gruñí.

No sé por qué le supliqué.

Una mano, temblando de miedo, se envolvió alrededor de mi miembro y sentí que mi interior se agitaba.

Sin permiso, fusioné sus labios con los míos.

Estaban tan llenos y suaves como lo había imaginado.

Mis caderas explotaron y gemí en su boca.

Sentí que mi semen retenido durante mucho tiempo se expulsaba de mi polla.

El alivio fue enorme, el placer más allá de toda medida.

Nunca había tenido un orgasmo tan satisfactorio.

Cada parte de mí surgió en unísono feliz.

Sus labios respondieron mientras explotaba en sus piernas.

Estaba en un cielo momentáneo.

No había una parte de mi cuerpo que no hormigueara en la exaltación.

Realmente fue un beso de un millón de dólares.

Rompí el beso cuando bajé de las nubes.

Ella cayó de rodillas en lo que parecía shock.

"Lo siento, eres demasiado sexy para ignorarte", me disculpé entre respiraciones profundas.

Iba a decir más, pero tenía una empresa para salvar.

La dejé allí, mirando abatida al suelo.

Había aguantado poco menos de tres horas.

Tendría que elegir a alguien con más control la próxima vez.

CAPÍTULO 10

Debería haberme sentido mal el lunes.

No lo hice.

Había decidido tirar la precaución a la basura.

No podía llegar al nuevo plazo de treinta días con mis empleados ignorantes de su destino.

Habían hecho demasiado para llevarme tan lejos.

No era culpa suya que el capital de riesgo se hubiera ido al diablo.

Llamé a una reunión a la sala central.

El lugar donde normalmente instalaríamos mesas para las fiestas de Navidad o para una futura celebración pública.

Miré las caras interrogantes, absorbí mi orgullo y me comencé.

"Estuve en negociaciones este fin de semana para obtener los fondos necesarios para que la empresa siga flote. No funcionó, pero tengo treinta días para encontrar más".

Había escondido bien los problemas de la empresa a todo el mundo.

La sorpresa era evidente en sus rostros.

"Tengo confianza en que puedo adquirir los fondos necesarios, pero si fallara en mi propósito, no querría que ustedes se quedaran sin opciones. Me encantaría que todos esperaran a la solución, pero sé que algunos de ustedes tienen familias y otras consideraciones."

Hice una pausa un momento para reagrupar mis pensamientos.

Había pensado mucho sobre esto el domingo y ya parecía tener todo más sentido.

"Les agradecería que pasara la mitad de su día de trabajo para la empresa y la otra mitad estudiando sus opciones. No les bajaré su sueldo durante este tiempo, aunque trabajen la mitad. Puedo garantizarles el cheque de pago de este viernes y el siguiente en dos semanas. Después de eso nuestros prestamistas pueden llevarse el cheque de pago, así que tengan esto en cuenta cuando haga sus planes. Firmaré cualquier carta de recomendación y me complacerá darles referencias para que esta experiencia no empañe sus carreras ".

Mis ojos se humedecieron cuando hablé sobre la desaparición de algo que había puesto tanto de mí mismo.

"Lamento mucho haber llegado a esto. No es lo que merecen, pero merecen la verdad".

Bajé los ojos porque ya no podía mirarlos.

Sonaba mejor cuando lo repasé el domingo por la noche.

Janeth me abrazó y me sentí peor.

Paul, nuestro contador, gritó:

"Estaré aquí, llueva o truene, Richy. Solo mantenme al día".

Hubo un coro de acuerdos que me hicieron sentir un poco mejor.

"La señora Buttingson está de vuelta, señor Carrington", susurró Janeth y señaló hacia la sala de reuniones.

Levanté la vista y vi a Virginia en su estricto atuendo de negocios, pero sin sus lacayos del otro día.

Sus ojos estaban casi tan rojos como sus labios.

Algo estaba mal con la forma en que ella estaba de pie.

Parecía casi incómoda, quizás menos poderosa.

Cuando vio que la había visto, se metió en la sala de reuniones y cerró la puerta.

Volví a mirar los rostros reunidos donde reinaban la confusión y la simpatía.

"Ahora vuelvo", dije y me dirigí a la sala de reuniones.

CAPÍTULO 11

Virginia se desplomó en una de las sillas.

Todo su aplomo comercial se había ido de su piel.

No pensé que nada pudiera afectar a esta mujer.

Al menos no en público.

"Quiero intentarlo de nuevo", balbuceó Virginia, casi llorando.

Sus ojos estaban rojos de llorar.

Ella estaba sufriendo.

¿Cómo diablos se derrumbó tan rápido?

"Virginia, mi compañía no puede ser tu juguete", dije con compasión, "hay demasiadas vidas en juego. Estoy muy agradecido por los treinta días adicionales, pero no puedo depositar todas mis esperanzas en algún tipo de desempeño sexual. "

Ella alcanzó el teléfono de la conferencia y marcó.

"Cottingcom National, ¿en qué puedo ayudarlo?", Saludó la operadora.

"Virginia Buttingson para el señor Smith, por favor", pidió Virginia.

Siguió una pausa, así que tomé asiento.

Ese era el banco de mi compañía, con el que tenía el préstamo.

Estaba empezando a pensar que mis treinta días estaban a punto de ser rescindidos.

"Buenos días, señora Buttingson, ¿qué puedo hacer por usted?" El señor Smith preguntó.

"¿Cuál es el estado de la transferencia de fondos?" preguntó ella sin rodeos.

"Se ha completado. Un millón como se solicitó, en la cuenta de Carrington, ya están disponibles", respondió Smith.

Me quedé de piedra.

Eso eran quinientos mil más de lo acordado.

"Gracias, Brian". Virginia colgó el teléfono y continuó: "El acuerdo está cerrado, sin condiciones".

"Qué ... no ... no estoy seguro de entender," tartamudeé como un idiota.

"La cagué. Quiero otra oportunidad". Ella estaba cerca de las lágrimas. "Por favor, Richy. No sabía que te había afectado así. Solo era un juego". Ella quería decirme más. Lo sentí y lo vi en sus ojos. Ella estaba asustada. "No ... no he dormido desde que me dejaste. Fui tan estúpida y seguí adelante cuando me pediste que no lo hiciera". Ella era increíblemente vulnerable.

"No creo que pueda hacer eso de nuevo", dije honestamente, "voy de odiarlo, a amarlo, y de nuevo a odiarlo ..."

Ella me interrumpió.

"Mira, hay partes que te encantaron. Podemos hacerlo de nuevo". Esto no sonaba como la mujer que me tenía de rodillas pidiendo alivio.

"Estoy confundido, Virginia". Estaba susurrando para que ella bajara la voz. No estaba seguro de cuánto se podría oír fuera de la habitación. "Solo parecía que te gustaba cuando estaba sufriendo".

Su cabeza cayó en sus manos y luego cayó sobre la mesa.

Ella comenzó a sollozar.

Caminé alrededor de la mesa y me senté a su lado.

No estaba seguro de si mis brazos ayudarían, pero no podía dejarla llorar en la mesa.

La tomé en mis brazos y apoyé su cabeza en mi hombro.

"Lo siento, simplemente no estoy hecho para lo que quieres".

"Pero me amabas", sollozó en mi oído.

Me estaba preocupando por su estado mental.

No estaba seguro de cómo dedujo amor de las pocas horas que pasamos juntos.

Fue casi todo una carrera frenética y angustiosa por mi parte.

Hubo un par de agradables paradas en boxes, pero fueron de corta duración.

"Virginia". Saqué su cabeza de mi hombro y miré sus ojos inyectados en sangre. "Nunca te dije que te amaba".

"No con palabras. Con tus manos. Nadie me ha tocado nunca así". Ella tenía una mirada soñadora en su cara. "Ese masaje ... y cuando me lavaste el pelo, pensé que me derretiría. ¿Por qué harías eso si no me quisieras?" Ella lo decía en serio ahora.

"Me ordenaste que lo hiciera," contesté.

Parecía confundida, como si estuviera tratando de ver el significado de mis palabras y no podía sumar dos y dos.

"Pero ... pero no tenías por qué hacerlo así", dijo ella lentamente. Casi podía ver las ruedas en su mente girando. "Vi cómo te excitaste. Ni siquiera me pegaste y estabas tan ... listo".

¿Golpearla? ¿Por qué iba a golpearla?

Era ella la que me estaba golpeando.

Me aparté un poco de ella, lo que hizo que sus ojos se llenaran de pánico.

"Virginia, no me gusta nada quien golpea o la violencia. Estaba dispuesto a aguantar un poco debido a esas personas que viste por ahí". Señalé la puerta. "No estoy seguro de qué tipo de relación estás buscando, pero no creo que encaje en el molde".

Estaba tratando de ser claro.

Toda la situación era demasiado surrealista.

Su cabeza se desplomó hacia adelante.

"No quería que te fueras", dijo en voz baja.

"Estoy teniendo problemas con esto, Virginia. ¿Por qué querría quedarme si me negabas que acabará mi dolor?"

Me faltaban secciones enteras de su lógica.

"Los chicos siempre se van cuando terminan". Sus lágrimas comenzaron a derramarse. "Te fuiste justo después también. No quería que te fueras".

Ella estaba llorando fuerte ahora.

Yo estaba en shock.

La acerqué a mi hombro y la sostuve.

Le tomó unos minutos recuperar el control de sus sollozos.

Pero entonces me di cuenta de que estaba en un dilema con ella.

Me tomó unos momentos más separarla gentilmente de mí.

La mujer acababa de salvar mi negocio, y probablemente, algunas de las vidas que estaban esperándome fuera de la habitación.

No tenía idea de con qué tipo de hombres había estado antes.

No podrían haber estado demasiado atentos si yo soy la medida de lo mejor.

Bueno, ella me lo debía por la tortura y yo le debía a ella por salvarnos a todos.

"Virginia, me gustaría llevarte a almorzar", le ofrecí mientras le dedicaba una sonrisa, "y luego a la cena y posiblemente al desayuno".

Su rostro se iluminó.

Ella arrastró el dorso de su mano por sus ojos para secar sus lágrimas.

Esto solo ayudó a mancharse de rímel más.

Intenté no reírme mientras agarraba la caja de pañuelos de papel de la mesa.

"¿Estás seguro?" preguntó, y luego rápidamente agregó: "Quiero decir que sí, me encantaría eso".

Supongo que ella decidió no darme tampoco una salida.

Y no la habría tomado.

"Bien. Ahora quédate quieta un momento."

Agarré un pañuelo y sostuve su barbilla con ternura.

Le limpié debajo de sus ojos, levantándome tanto como pude.

Llevó un par de pañuelos hasta que estuve feliz con mi trabajo.

Esos hermosos labios rojos estaban sonriendo de nuevo cuando terminé.

Me castigué por ignorar su estado emocional, pero en mi defensa, esos labios eran algo especial.

"¿Puedo besarte?" Le pregunte suavemente.

"Oh sí," susurró ella.

Incliné mi cabeza y llevé mis labios a los de ella.

El recuerdo del beso de la ducha se fusionó con este en mi mente.

En eso momento se desvaneció cualquier cosa que nos mantuviera unidos.

Ya no había ninguna compañía, ningún préstamo, ningún dinero.

Mis labios se quedaron porque podían sentir su aprensión y su alegría.

Me quedé así porque me gustaba.

Mi mano acarició su rostro y se movió detrás de su oreja para empujarla más profundamente.

Ella obedeció con los labios separados y una lengua vacilante.

Encontré la suya con la mía, y cuando nuestras lenguas se tocaron, un estremecimiento silencioso resonó en mi cuerpo.

Me quedé así con ella porque me gustó mucho.

CAPÍTULO 12

Cuando finalmente rompimos el beso, sentí una pérdida.

Pero ahora tenía el deseo de follarla allí mismo.

¿Cómo demonios esta mujer me hizo ir tan rápido?

"Eso fue muy bueno", dijo Virginia y comenzó a avanzar.

Ella quería más que yo.

La retuve y sonreí para que supiera que no era un rechazo.

"Hay gente afuera", dije y acaricié la parte posterior de su cuello. Ella se apoyó en mi mano y suspiró. "Vamos a decirles a estos muchachos las buenas noticias y te llevaré a almorzar", sugerí.

"¿Y por qué ellos tienen que saberlo?" Ella preguntó con una mirada de asombro en su rostro.

Me tomó un segundo darme cuenta de por dónde estaba encaminado su razonamiento.

Lancé una pequeña risa.

"Es sobre sus trabajos. Usted acaba de garantizarles sus cheques de pago".

Era la primera vez que la veía sonrojarse.

Sus mejillas casi igualaban el color de sus labios.

Era adorable.

Se puso de pie, avergonzada, y se arregló el atuendo.

"Sí. Por supuesto", dijo ella mientras recuperaba el control.

Luego ella me miró con ojos suaves.

"¿Todos los besos que das ... distraen tanto?"

"Sólo los buenos", le contesté.

Ella se sonrojó más claramente aun.

Ahora era yo quien tenía el control y no tenía intención de negarle nada a nadie.

Dios, esos labios se veían tan bien.

Me puse de pie y me alisé un poco la ropa.

"¿Estás lista?" Le pregunté.

"Sí", respondió ella.

El cambio en su cara fue aterrador.

Virginia se había ido y la señora Buttingson estaba de vuelta.

Ella ahora estaba en modo de sala de juntas.

Sostuve la puerta mientras ella salía, con la cabeza perfectamente nivelada mientras avanzábamos hacia los empleados aún reunidos.

Vi a Janeth limpiando un lado de su cara.

Realmente esperaba que ella no hubiera estado llorando.

"Parece que fui muy prematuro con mis declaraciones anteriores", dije mientras acompañaba a mis palabras con una sonrisa, "la señora Buttingson y yo acordamos una asociación que ha garantizado a la compañía los fondos suficientes para poder aguantar y llevarnos más allá de la fecha inicial del lanzamiento prevista"

Hubo muchos aplausos y sonrisas.

Las sonrisas se veían ahora un poco traviesas y me lanzaron en un guiño.

La sonrisa de Janeth era aún más misteriosa mientras seguía limpiando un lado de su cara.

"Tenemos un acuerdo para completar y millones para hacer", anuncié felizmente.

La mano de Janeth era más frenética aun tocándose la cara.

Virginia puso los ojos en blanco al darse cuenta de que lo que estaba queriendo decir Janeth.

Miré por encima con mi

'¿Qué?' dije encogiendo mis hombros.

Virginia alcanzó una caja de pañuelos en el escritorio de Paul.

Ella agarró mi barbilla, sin perder nunca su expresión comercial controlada.

El pañuelo se volvió rojo después de que ella me limpió los labios.

Me sonrojé.

"Y Richy me está llevando a almorzar", anunció Virginia.

No creo que me hubiera sentido más incómodo en mi vida.

Hubo un poco de risa entre los reunidos hasta que Virginia se dio la vuelta con su fulgor patentado.

"Crezcan, gente", se burló ella.

La risa se convirtió en risitas ahogadas.

La cara de Virginia estaba tan roja como la mía.

Tomó mi mano, ya que no había ninguna razón para la fachada, y me condujo hacia la puerta.

"Eso fue vergonzoso", susurró Virginia cuando pusimos unos cuantos escritorios detrás de nosotros.

"Fue tu pintalabios", le eché la culpa con una sonrisa tonta.

"Ahora todo el mundo lo sabe", agregó.

Ella trató de mantener su actitud comercial para los ojos que nos seguían.

"Solo están celosos porque tengo una cita sexy para almorzar", bromeé.

"Una cita. ¿Esta es una cita?" preguntó ella con sorpresa.

Me pregunté qué pensaba ella que era.

"Besos, mujer sexy, almuerzo. Sí, se diría que es más de lo que califica para una cita", respondí lo más suavemente posible.

Su sonrisa creció, envolvió su brazo alrededor del mío y me acercó más cuando terminamos de salir.

Ella se sentía bien a mi lado.

Me gustó que a ella no le importara que todos estuvieran mirando.

La mujer de negocios había abandonado el edificio.

CAPÍTULO 13

Elegí Fugui's, un pequeño italiano de pasta cercano.

No era la mejor comida de la ciudad, pero a veces el ambiente íntimo era el problema en esos sitios.

Había una pequeña mesa donde un gran soporte con columnas bloqueaba el resto del local.

El techo era bajo, lo que reducía la reverberación y nos permitía hablar sin tener que repetir lo dicho.

Y era adecuadamente privado.

"Siento lo de esta mañana, Richy", dijo Virginia después de que llegara el vino, "No estoy acostumbrada a ... creo que no estoy acostumbrada a que me gusten las personas".

"Vamos, debes tener algunos amigos", dije alegremente.

La expresión en su cara me dijo que eso fue algo incorrecto decir.

Perdí mi sonrisa y puse mi mano sobre la de ella.

"Tienes uno ahora."

Eso me valió una débil sonrisa.

Me levanté y cambié de asiento, moviéndome a su lado en lugar de sentarme frente a ella.

"Lo único que realmente recuerdo de esta mañana es el beso. Todo lo demás es un poco borroso".

Esta pequeña mentira me ganó una sonrisa de verdad.

"Fue realmente agradable", dijo con dulzura, "he decidido que no beso lo suficiente".

Fruncí mis labios obscenamente y me incliné hacia adelante.

Ella se rió y golpeó ligeramente mi brazo.

"Con hombres, no con peces".

"Los peces también necesitan ser amados", bromeé.

El camarero apareció con nuestras ensaladas, así que tuvimos que tomar un descanso en nuestra conversación.

Hablamos de nuestra compañía mientras comíamos las ensaladas.

Me maravillé de lo sorprendente rápida que era su mente empresarial.

Podía parecer que ella acaba de tirar el dinero salvando una compañía sin futuro.

Pero en realidad, ella había hecho su tarea.

Ella conocía el potencial y los escollos de todo el proceso.

Ella tenía conexiones increíbles que realmente podrían ayudar al lanzamiento inicial.

Para cuando aparté la ensaladera vacía, me di cuenta de algo.

"Si no hubiera aceptado tu primera oferta, ¿ya no ibas a comprar?" Le pregunté.

"Sí, pero realmente quería verte desnudo", dijo con su sonrisa malvada.

"¿Y el millón en lugar de la mitad?" Yo pregunte

"Realmente necesitas trabajar en tus habilidades de negociación. Pensé que exigirías más, así que me anticipé con el millón", se encogió de hombros y continuó: "y para tener éxito, realmente necesitas un aumento considerable en el capital de trabajo para el lanzamiento. Sin eso, sus ventas no hubieran durado por un año más, mientras que los competidores te estarían intentando copiar tu producto ".

"Me la jugaste," proclamé.

"Es lo que se hacer", confesó ella mientras se acercaba y acariciaba detrás de mi oreja, "¿estás enojado conmigo?"

Era la primera vez que ella había iniciado un suave toque.

Podía ver la preocupación en sus ojos.

"No, estoy enojado conmigo mismo por no haberlo visto", me reí entre dientes, "En realidad fui lo suficientemente vano como para pensar que se trataba de mí".

"Eso ahora, pero no fue entonces", dijo Virginia casualmente.

Me sorprendió su candor.

Creo que ella realmente tenía sentimientos por mí.

Justo cuando pensé que había descubierto su jugada, ella me dejó ver la realidad.

"Es por eso por lo que transferí el dinero temprano esta mañana. No quería que pensaras que ya te lo estaba guardando".

¿Quieres saber cómo complacer a un hombre?

Sólo da valor a su existencia.

Aquí estaba la persona de negocios más inteligente que conocía y que me decía que mis años de sudor valían la pena.

Su valoración del potencial de mi, no, de nuestra compañía era incluso mayor de lo que había imaginado.

Exigir solo el cuarenta y nueve por ciento significaba que sabía que mi visión era necesaria para esa valoración.

Todo esto y además supe cómo se veía desnuda.

La sorprendí con un apasionado beso.

La sentí nerviosa mirando a su alrededor antes de rendirse y dejarse llevar a mi afecto público.

Nos obligaron a separarnos cuando el camarero trajo el plato principal.

La comida sabe mejor cuando todo va a tu manera.

Virginia me estaba sonriendo mientras comíamos.

No creo que ella supiera completamente cómo había acariciado mi ego.

Y eso lo hizo todo aún más sincero.

"Voy a tener que conseguir un lápiz labial diferente si sigues besándome en público de esa manera", sonrió.

"No te atrevas", dije mientras dejaba marcas rojas en mi servilleta, "solo necesito comprar más pañuelos".

No podía imaginarla con nada más que esos deseables labios rojos.

Vi algo brillar en sus ojos cuando defendí el lápiz labial.

Un pensamiento pasó por su mente, algo que no estaba destinado a la discusión pública.

Se inclinó hacia mi oído.

"Realmente me gustaría llevarte a casa y que no te negaras", susurró ella con una sonrisa maliciosa.

La sangre fluyó rápidamente en mi cuerpo a sus palabras.

Sentí su mano en mi entrepierna.

"Me encantaría comprobar lo que puedo hacer contigo".

"¡Compruébalo, por favor!" Dije tal vez un poco demasiado fuerte.

Pero como dije, no era la mejor sitio de comida de la ciudad.

CAPÍTULO 14

Conduje a Virginia a su casa en mi auto.

Ella había dicho que podía hacer arreglos para que recogieran el suyo mañana.

Creo que ella estaba más interesada en asegurarse de que mi interés no se desvaneciera.

Ella no estaba demasiado agresiva, solo algunas caricias simples y un poco de acurrucarse en mí para asegurarse de que supiera que ella estaba a mi lado.

Me pareció que la atención que me dedicaba era muy atractiva.

Mi interés no se desvaneció.

Cuando entramos en su casa, Virginia me arrastró directamente a su habitación.

"Siéntate", ordenó, señalando la cama.

Ella usó su voz maliciosa que me irritó un poco.

Elegí pararme con una cara gruñona en su lugar.

Ella sonrió.

"Por favor, siéntate."

Esta era de nuevo su amable y amorosa voz.

Me senté rápidamente.

Ella agarró mi pie y me quitó el zapato y el calcetín.

Ella repitió con el otro pie.

Usando su voz maliciosa ordenó, "El cinturón".

Ella extendió su mano esperando a que yo cumpliera.

Podría haber resistido su voz maliciosa, pero me gustaba hacia dónde se dirigían las cosas.

Lo desabroché y lo saqué a través de los ojales.

Ella tomó el cinturón y lo agregó a la pila de mis zapatos y calcetines.

Virginia me empujó en la cama para que cayera sobre mi espalda y me desabrochó el botón y me bajó la cremallera de la parte delantera de mis pantalones.

"No digas nada," ordenó ella y yo obedecí.

Ella me sacó mis pantalones junto con mis boxers y los agregó a la creciente pila.

Estaba medio excitado en este punto.

No estaba seguro de lo que tenía en mente y tenía un poco de miedo de que intentara regresar a sus tortuosas maneras.

Se acercó a su cómoda y agarró un pequeño tubo de oro.

Se lo puso entre mis piernas, se quitó la chaqueta y la dejó caer al suelo.

Sonriendo, se desabotonó la blusa y también la dejó caer en el suelo.

Su sujetador de encaje le siguió rápidamente.

Mi polla mostraba un poco más de vida en este momento.

"Tengo la intención de disculparme físicamente por mis acciones este fin de semana". La cara de Virginia era de arrepentimiento. "Espero puedas perdonarme."

Estaba a punto de decir algo de que no era necesario cuando ella quitó la tapa del tubo dorado y apareció su lápiz de labios rojo rubí.

Mientras la observaba con pericia volver a cubrir sus labios, mi excitación fue más evidente.

Se frotó los labios y me miró.

Sus labios brillaban de color rojo, más brillantes que nunca.

"Tengo la intención de usar mi boca", suspiró.

"Oh, mierda", fue todo lo que pude decir.

Mi erección palpitaba y ahora estaba tenso mientras rezaba en silencio que este no fuera uno de sus trucos.

Ella sonrió a mi erección.

"Me encantaría hacerte eso a ti", dijo ella mientras caía de rodillas.

Sus labios a pocos centímetros de mi virilidad, ella envolvió su mano alrededor del miembro.

Sentí el pulso de mi polla mientras ella pasaba su lengua por la parte inferior y la giraba alrededor de la corona, su mano simplemente usándola como guía.

Cuando esos labios rodearon mi erección, todos los pensamientos que tuviera de desconfianza se desvanecieron.

Esos deslizantes labios rubí crearon una euforia visual.

Había visto esto en mi mente y la realidad era infinitamente más placentera.

Los labios de Virginia se separaron de mi polla.

Ella frunció los labios y besó amorosamente la punta.

Mis muslos se tensaron para no moverse, para dejarla continuar, para que durara.

Pero mis muslos estaban fallando.

Esos labios me envolvieron de nuevo, llevándome más profundo.

Podía sentir su lengua empujando y lamiendo.

Quería advertirle, darle la opción de que fuera más lenta, pero me vine demasiado fuerte y demasiado rápido.

Mis caderas se levantaron cuando grité su nombre.

Ella bajó los labios y me la chupó mientras eyaculaba dentro de ella.

Los pensamientos cesaron cuando el placer atravesó mi cuerpo.

Las mejillas de Virginia se hundieron cuando introdujo mi polla más dentro de su boca, dejándome manejar mi placer sin sentir culpa.

Ella quería esto para mí.

Virginia besó mi falo saciado.

Su beso me lo dio directamente en la punta de mi miembro

Ella sabía lo que había hecho, y sonrió con esa sonrisa malvada y tortuosa.

Podía ver esos problemas de control nadando en sus ojos.

Lo hizo sin el látigo, pero me tenía justo donde quería.

Esta vez, ella no obtendría ninguna queja de mí.

"¿Eso fue más de tu agrado?" Preguntó, ya sabiendo la respuesta.

"Sí, Ama," contesté juguetonamente.

Me encantó la risa que generó en ella.

Me golpeó el muslo, se subió la falda y se subió encima de mí.

"¿Te vas a quedar?" Preguntó Virginia con una sonrisa forzada.

Sus comentarios anteriores volvieron a mí.

No podía creer lo emocionalmente débil que podía ser una mujer tan fuerte.

Entonces me di cuenta de cuánto riesgo creía ella que había tomado.

Había temor en sus ojos que rodeaba el miedo.

Retuve mi una linda respuesta sarcástica y me ceñí a la verdad que sentía para ella.

"Sí", respondí con toda seriedad, "esperaba que me dejaras pasar la noche aquí".

Vi sus ojos llorosos antes de que sus labios sofocaran los míos.

Podía sentir su cuerpo temblando mientras nos besábamos.

La abracé con fuerza, con ganas de sofocar sus temores infundados.

Realmente pensé que esto era como algún tipo de terapia agradable para ella.

No más.

Me gustaba ella en mis brazos.

Me gustaba que ella me necesitara.

Era más lista que el Infierno, pero frágil como la porcelana fina en su interior.

Incluso me gustaba que el fuego de control ardiera dentro de ella.

Ella era un enigma muy sexy.

Mi enigma.

La giré de costado, sus pechos contra mi pecho.

Empujé algunos pelos rebeldes fuera de sus ojos y detrás de su oreja.

Ella se estremeció ante mi toque que, egoístamente, me pareció agradable.

"Me gustaría terminar de lavarte el pelo", dije casualmente mientras pasaba mi mano por sus cabellos marrones.

Su sonrisa fue honesta.

"Realmente también me gustaría eso a mí", susurró ella.

Pude ver la emoción en sus ojos.

Ella estaba pensando en el sexo mojado por el chorro de la ducha.

Pero en este momento el baño con champú fue solo una excusa para darme tiempo para recuperarme.

Fue una suerte que ella también encontrara agradable la propuesta.

CAPÍTULO 15

Virginia trató de enseñarme el funcionamiento de los controles de la ducha.

Me resultó divertido tocarla con ternura mientras trataba de explicármelo.

Ella se dio cuenta que yo estaba perdiendo el hilo de sus pensamientos, pero nunca me reprendió ni trató de detenerme.

Cuando ella se rindió felizmente, yo estaba casi tan despistado como cuando empezamos.

Dudé que alguna vez me dejara controlarlo todo de todos modos.

Esta vez lo hice bien.

Tenía a Virginia acostada sobre su espalda, a lo largo del banco calentado, con su cabeza colgando sobre mis muslos al final.

La ducha tenía un maravilloso cabezal de ducha desmontable que expulsaba en una especie de rocío suave.

Suavemente empapé su cabello mientras cerraba los ojos.

Fue maravilloso tenerla en mi regazo cuando me apliqué el champú.

Ella hizo algunos maravillosos, medio gemidos, sonidos mientras trabajaba la sustancia con aroma a flores en su cabello.

"Entonces, la última vez que estuvimos aquí, me hablabas de una chica", sugerí la historia.

Virginia abrió los ojos y me dedicó una mirada extraña.

"¿Ahora estás interesado en Lydia?" ella preguntó.

"¿Así que ella fue real?" Pregunté.

Virginia intentó sentarse un poco, así que la empujé suavemente y fui a trabajar en la parte posterior de su cuello.

Ella se relajó de nuevo.

"Sí. Somos dueñas de un restaurante muy popular juntas", continuó, "vendría otra vez si le pidiera. ¿Es eso algo que te gustaría?"

Eso salió por sorpresa y me golpeó directamente en la cabeza.

Solo estaba insinuando una historia caliente, pero esta era una oferta intrigante.

Esa era una fantasía que nunca hubiera imaginado pudiera volverse real.

Por supuesto, en mis sueños, siempre había de vez en cuando alguna aventura de una noche con dos mujeres que pensaba nunca vería en la realidad de nuevo.

No sé si me sentiría muy cómodo teniendo una orgía con gente que conozco.

"No creo que quiera compartirte con nadie", dije con cuidado, "¿me considerarías un hipócrita si quisiera saberlo?"

Sonaba estúpido cuando salió, pero creo que entendió el punto.

"¿Quieres saber sobre ella o solo las partes sucias?" Ella estaba sonriendo mientras yo le daba masajes a sus tesoros.

"Sólo las partes sucias". Yo le devolví la sonrisa.

Eso me dio como premio una risita, seguida del relato de una historia muy sucia.

Me he entretenido leyendo erótica.

Pero eso no fue nada en comparación con lo emocionado que me puse cuando escuché a Virginia, sin reservas, describir su escapada a la ducha con Lydia.

Ella no dejó nada sin describir y me encontré respirando con dificultad mientras me enjuagaba el pelo.

Estoy bastante seguro de que algunas partes fueron embellecidas, pero las acepté como un hecho.

Yo era, de nuevo, el hombre de acero.

"Mira lo que te hizo mi historia", se jactó Virginia.

Ella estaba acariciando suavemente mi erección.

Ella se puso de pie con una idea en sus ojos.

"Quédate así", ordenó e ingresó una serie de comandos en el panel de control.

Esperé.

Estaba empezando a disfrutar de que ella fuera mandona, al menos cuando no hubiera negación y dolor al final.

'More than a feeling' resonó a través de los altavoces cuando la gran cabeza central de ducha se movió para cubrirme suavemente con agua tibia.

Ella caminó de regreso frente a mí, bloqueando una buena parte del rocío.

"Pero es hora de una nueva historia".

Su voz era baja y seductora.

Esa voz lo prometía todo.

Virginia, frente a mí, puso una rodilla a cada lado de mí y bajó sus caderas hacia la mía.

Desplacé mi trasero al borde del banco para hacerlo más fácil.

Ella se colocó entre mis piernas y guio mi polla a su abertura.

El agua caía en cascada sobre sus hombros y bajaba por mi pecho mientras ella se apoyaba en mí.

Soltó mi polla y gimió cuando completó su descenso.

Me hice eco de su sonido.

Virginia entrelazó sus dedos detrás de mi cuello y llevó sus labios a mi oído.

"Ha pasado mucho tiempo desde que dejara a un hombre entrar dentro de mí", susurró con fuerza.

Dios me ayude, eso me ha gustado mucho.

"Es celestial", dije y luego me lancé.

Salió de mi boca sin pensar, "Ama".

Esta vez no lo había dicho en tono de chanza como se lo había dicho antes.

Esta vez fue sincero.

Su pelvis se detuvo y me miró a los ojos.

Vi miedo en los de ella.

"No quiero perderte", se preocupó.

No tenía idea de hacia dónde se dirigía esto.

Solo sabía que me sentía bien.

Muy bien.

Y quería que ella se sintiera también bien.

Quería sentirme bien junto a ella.

"Entonces deja que me corra", dije con una sonrisa diabólica y agregué, "Ama".

Sus ojos se iluminaron y su sonrisa se volvió lasciva cuando las consecuencias de lo que dije la calentaron.

Ella estaba por complacerme.

Ella iba a complacernos.

Sentí sus manos agarrar mi cabello y tirar de mi cabeza hacia atrás mientras su coño se levantaba y caía alrededor de mi polla.

Sus labios se cerraron a la fuerza sobre los míos mientras me tomaba.

Los ojos de Virginia ardían con lujuria.

Eso alimentó la mío, aunque no estaba en posición de ayudar mucho.

El agarre en mi cabello se estaba apretando y tirando con más fuerza.

No tenía idea de por qué me gustaba o por qué a ella le gustaba hacerlo.

Solo supe que lo hicimos.

Ella rompió su beso violento y tiró de mi oreja a sus labios.

"Vamos a llegar juntos", declaró con intensidad, "juntos, ¿entiendes?"

Sentí mi polla surgir con su pregunta.

No estaba seguro de poder esperar mucho más.

"Lo intentaré, Ama," tartamudeé cuando el increíble canal caliente de Virginia me sofocó de placer.

Sabía que ella podía sentir que estaba listo para explotar.

Tal vez la historia sucia no fue una buena idea.

Estaba un poco más caliente que ella.

"No es una opción", declaró.

Sus caderas se detuvieron en la carrera descendente y comenzó a moler su pelvis en mí.

Sentí mi polla tocando nuevos lugares dentro de ella.

Yo estaba en el borde del éxtasis.

Si no estuviéramos siendo bombardeados con agua, el sudor habría estado cubriéndome todo mi cuerpo.

Mi respiración era trabajosa.

Sentí que su pelvis se sacudía involuntariamente y su mano se apretaba sobre mi cabello otra vez.

A la segunda sacudida ella gritó, "¡AHORA!"

Me deje llevar.

La intensidad, combinada con el dolor, fue asombrosa.

Virginia se sostenía por mi cabello mientras oleadas de placer se sacudían a través de su cuerpo.

Cada sacudida de sus caderas obligaba a lanzarle otra oleada de leche dentro de ella.

Estábamos en unísono perfecto, doloroso, dichoso.

Virginia me soltó el pelo y casi se derrumbó hacia atrás sobre el suelo.

La atrapé a tiempo y la atraje a mis brazos, mi polla aún enterrada profundamente en ella.

No tenía idea de dónde venía su deseo de controlarme.

Solo sabía que me encantaba.

En una extraña yuxtaposición, la agarré por el pelo y tomé un beso de sus labios.

"¡Eso fue fantástico!" Yo dije con fuerza.

Sus ojos adormecidos miraron los míos.

"Sí, fue maravilloso", dijo ella y luego sonrió, "Maestro".

Ella se derrumbó en mis brazos y la sostuve bajo la lluvia cálida y espesa.

CAPÍTULO 16

La cena fue un pequeño asunto íntimo.

Solo nosotros dos, acurrucados en el sofá con comida china que habíamos pedido para llevar.

Estábamos tapados con una manta rosa de felpa a juego.

Virginia se ajusta mucho mejor que yo a este estilo.

El rosa no es mi color predilecto.

Estábamos viendo una película de John Wayne, una de sus primeras en color, creo.

Aunque era básicamente ruido de fondo mientras comíamos, conversábamos y reíamos.

Virginia abrió una botella de vino y hablamos un poco más.

No dijimos ni una palabra sobre la compañía o el sexo.

Se trataba solo de conocernos.

Me encantó y me maravilló que la pudiera tener solo para mí.

Había cruzado algunos límites sexuales muy extraños con ella.

Ahora sabía más sobre mí que nadie en el mundo.

Creo que soy el único que sabe sobre su fino interior de porcelana.

***

La hora de acostarse trajo más.

Más de nosotros.

La estaba esperando en la cama.

Tenía planes, planes de licitación.

Quería irme a dormir con recuerdos de su suavidad, su entrega a mi lento amor.

Salió nerviosa del baño.

Creo que casi volvió a entrar, pero luego decidió venir a mi lado de la cama.

Extendí mi mano, preguntándome de dónde venía su miedo.

Cuando ella dejó caer su bata, vi su temor.

Por encima de su pecho izquierdo, sobre su corazón, había escrito 'Richy's' en lápiz labial rojo rubí.

Lo que salió de mí fue la verdad.

"Yo también te amo", estuve de acuerdo.

Creo que ella estuvo conteniendo la respiración hasta ese punto.

Ella cayó en mis brazos y la atraje hacia mí.

Yo era el pegamento para su porcelana fina.

***

Virginia, al principio, era mucho mejor que cualquier despertador.

Las risitas y el mordisco en mi oído eran una manera maravillosa de despertar.

Simplemente no había un botón de repetir en cinco minutos en ella.

Ella era una persona de la mañana.

Soy un tipo de persona que se despierta lentamente.

Por lo general, se requieren tres o cuatro pulsaciones del botón de repetición antes de que finalmente me dé por vencido y me levante.

Virginia ya estaba bañada y vestida y los primeros rayos del sol ni siquiera habían llegado a través de la ventana.

Me di la vuelta y me alejé de su hermoso asalto.

Tal vez ella me diera otros diez minutos.

Las mantas y las sábanas desaparecieron repentinamente de la cama.

Mi calor desapareció y me hice un ovillo.

Escuché el zumbido antes de que la comezón golpeara mi trasero.

Me levanté para protegerme y la vi, inocente y sonriente, con las manos detrás de la espalda.

"Me golpeaste", acusé.

Dio un paso atrás, sus hermosos labios rojos sonrieron.

Me puse de pie y di un paso amenazador hacia adelante.

Tuve la intención de probar el látigo en su trasero para ver cómo le gustaba.

"Tienes una compañía para dirigir, Amante", dijo mientras daba otro paso hacia atrás.

Miré el reloj y recordé dónde estaba.

Probablemente iba a llegar tarde.

La venganza tendría que esperar.

"Mierda", admití y me moví rápidamente a la ducha.

Olía a Virginia.

Deseé haber podido revolcarme con ella, pero llegar tarde y además oler a sexo no me pareció una buena idea.

Ahora me di cuenta de que no sabía cómo funcionaba esta cosa.

Estuve probando con algunos botones, pero no conseguí que el agua saliera de la ducha.

Treinta segundos después tuve que tragarme mi orgullo.

"¿Cómo enciendes esta maldita cosa?"

Le grité.

Su risa fue a la vez molesta y maravillosa.

CAPÍTULO 17

"Quiero invitarte a cenar esta noche", dijo Virginia desde el asiento del pasajero.

Ella había decidido regresar conmigo a por su auto.

"Y quiero ver el lugar donde vives".

La señora de negocios estaba de vuelta.

Le pones a esta chica en una falda de tubo y una chaqueta y de repente ella piensa que puede gobernar el mundo.

Ya la conocía lo suficientemente bien como para comprender que en realidad estaba preguntando, no exigiendo.

"Mi casa es una pocilga en comparación con la tuya", le advertí.

Estaba tratando de recordar lo sucia que estaba.

No pude recordar la última vez que hice una buena limpieza.

"Está bien eso. Tengo la intención de ser muy sucia allí", dijo ella, luego sonrió.

Mi mente se animó y sentí que regresaba un poco del calor de la noche anterior.

"Señora Buttingson, ¿está marcando su territorio?" Bromeé.

Pero ella realmente lo tomó en serio.

"Sí, creo que lo estoy haciendo", respondió ella.

Su sonrisa en tono rubí era deliciosa.

"En ese caso, acepto tu invitación para la cena".

Me encantó la idea de que ella me reclamara.

Normalmente, me sentiría agobiado.

Pero con Virginia, sabía que era solo su necesidad de controlar, pero entendía que era más frágil de lo que decía.

O, tal vez, solo me quería azotar de más de una manera.

***

Janeth me dirigió una extraña sonrisa cuando pasé junto a su escritorio.

Se levantó, me siguió a mi cubículo y sonrió cuando me volví para ver lo que quería.

"¿Lo pasó bien anoche, señor Carrington?" Ella preguntó con ojos de complicidad.

Estaba un poco avergonzado por la pregunta. ¿Fui tan transparente?

"No estoy seguro de saber lo que quiere decir", dije inocentemente.

Recurrí a un papel en mi escritorio con la esperanza de que dejara pasar la conversación incómoda.

"¿Puedo?" —preguntó, sosteniendo un pañuelo que había traído consigo.

Estoy seguro de que me sonrojé mientras asentía con la cabeza.

Ella agarró mi barbilla como una madre preocupada y limpió el lápiz de labios de mi mejilla.

Realmente tenía que hacerme con urgencia con unos pañuelos.

"La misma ropa y sin afeitar", sonrió mientras soltaba mi barbilla. "No creo que haya llegado a casa anoche".

"¿Todas las mujeres son tan observadoras?" Pregunté en mi aire amistoso.

"Sólo a las que se preocupan por usted, señor Carrington", respondió ella con un guiño.

Se dio la vuelta y volvió a su escritorio.

Si había alguna razón para hacer que esta empresa funcionara, estaba allí.

Necesitaba verla con dinero en el bolsillo y no en lo más mínimo preocupada si uno de sus hijos era aceptado en Harvard.

Pasé el resto del día trabajando duro.

Ahora que no tenía que preocuparme por el capital, en realidad era muy productivo el día.

Comencé la implementación de las ideas de las que Virginia y yo habíamos hablado.

La mayoría parecía evidente ahora que habían estado en mi pensamiento durante un día.

Ella realmente tenía una cabeza ideal para los negocios.

Di una vuelta por la oficina y hablé con todos, asegurándoles nuestra estabilidad.

Tuve más de unas pocas miradas sonrientes que me dejaron saber que confiaban en mí.

Le di a Ralph la luz verde para contratar a un asistente.

Pensé que el hombre me iba a abrazar.

Lo hice para acelerar las cosas y por seguridad en caso de que algo le sucediera a Ralph.

Él pensó que lo hacía para reducir su abrumadora carga de trabajo.

Siendo egoísta, le dejé pensar que su versión era correcta.

***

Janeth colgó el teléfono mientras la tarde terminaba.

Ella trajo una nota a mi escritorio con otra de sus extrañas sonrisas.

"Ella es un poco mandona, pero no creo que le importe a usted, ¿verdad?", dijo, entregándome la nota.

La nota contenía el nombre de un restaurante, 'The Meet', una dirección y un horario de siete en punto.

¿Cómo descubrió Janeth a Virginia tan rápido?

"¿Lo ha deducido a partir de una reserva para la cena?" Pregunte incrédulo

"Hablamos por más de treinta minutos". Janeth reprimió una risita. "No puedo colgarle a una compañera. De todos modos, a mí me gusta". Sonreí ante la valoración de Janeth.

"A mí también me gusta," estuve de acuerdo, "ustedes dos no están compartiendo historias sobre mí, ¿verdad?"

Estaba segura de que Virginia mantendría en privado nuestros acuerdos.

Tenía miedo de que mis defectos de carácter pudieran ser la fuente de la diversión compartida.

No quería pasearme alerta por la oficina todo el día.

"Creo que me ha pedido que haga de espía". Janeth parecía complacida. "Estar atenta a cualquier competencia e informe. A ella realmente le gustas".

Me estaba sonrojando

"¿Son todas las mujeres tan intrigantes?" Le pregunté.

"Solo a las que se preocupan por usted, señor Carrington", respondió ella guiñando un ojo. "Le sugiero que se vaya temprano y se asee. La camisa negra que llevaba hace una semana parece muy buena para la ocasión".

Me pregunté si eso era Janeth o Virginia hablando.

"¿Janeth?" Pregunté con un tono siniestro falso.

"¿Sí, señor Carrington?" Ella preguntó mientras sonreía.

No podía deducir nada de su mirada.

"Llámame Richy", dije firmemente.

También eso podría hacer nuestras conversaciones más fáciles.

Aunque pensé que la camisa negra me hacía parecer tonto.

"Gracias, Richy", sonrió mientras caminaba sonriendo hacia su escritorio.

Secretaria, experta en espionaje y moda.

Estaba en buenas manos.

CAPÍTULO 18

Llegué justo a tiempo cuando entré en el 'The Meet'.

No pensé que lo lograría.

El estacionamiento había resultado más difícil de lo que había supuesto.

El restaurante estaba en una vieja sección de la ciudad que fue construida antes de que el automóvil tomara el control de la nación.

Terminé esperando el turno para el servicio de valet.

Como era de esperar, Virginia estaba esperando en la mesa.

Su sonrisa era genuina y muy bienvenida.

Era un lugar público, así que me conformé con solo besarle la mejilla.

"Te ves bien", comentó Virginia.

Me castigué por no decir algo primero.

"Gracias. Parece que tengo una nueva consultora de modas en el trabajo", comenté de manera conspirativa.

"Realmente me gusta Janeth", sonrió Virginia, "muy organizada y parece conocerte bien".

"Bueno, puedes estar feliz de saber que ella te aprueba también". Yo sonreí "Estoy empezando a pensar que estoy siendo manejado".

"Todos los hombres son manejados, cariño". Los ojos de Virginia brillaban. "Algunos más que otros."

Su mano encontró mi muslo debajo de la mesa, un poco más alto que lo políticamente correcto.

Ella retiró su mano después de un tierno apretón que prometió cosas interesantes más tarde.

"¿Mencioné lo hermosa que eres?" Encontré su apretón un poco más emocionante de lo que había calculado, "Me encantaría llevarte a casa ahora mismo y devorar esos labios rojos".

La hice sonrojar, en público.

Su mano volvió, y más arriba hacia mi entrepierna.

Ella lo quitó cuando sintió mi excitación.

"Oh, me encanta que consiga hacerte eso" Y entonces apareció la señora negocios. "Primero la cena, luego el postre", ordenó con firmeza.

Podría esperar, si tenía que hacerlo.

De repente, su expresión cambió y rápidamente colocó la palma de su mano contra mi mejilla, "A menos que sea urgente, quiero decir ... no quiero ... ya sabes, hacer que duela".

Su preocupación era evidente.

Vi su aprensión, su miedo confirmado por nuestro primer día juntos.

Me olvidé del público.

Acerqué esos labios rubí a los míos y me aseguré de que ella supiera que no había ningún riesgo aquí.

Ella se fundió en mí.

Podía sentir como su alivio y control volvían.

"Primero la cena, luego el postre", susurré cuando rompí el beso.

Me encantó la mirada en sus ojos.

Esa mirada de 'te tengo'.

Sabía que esta sería una noche inolvidable.

***

Me sorprendió de repente que una mujer contemplaba nuestra demostración de afecto.

Una rubia madura bastante bien vestida, de pie en el borde de la mesa con la boca abierta y confusión en sus ojos.

Ella no estaba vestida como una camarera.

Virginia se echó a reír y rápidamente tomó una servilleta para limpiar el lápiz labial de mis labios.

Esto pareció sorprender aún más a la mujer.

"Richy, esta es Lydia. Mi compañera en este maravilloso bis a bis del que te hablé", dijo Virginia con una retorcida sonrisa de "Gobernar el mundo". "Lydia, este es Richy".

Creo que ella quiso agregar algo más al final de su presentación.

Pero ella se lo pensó mejor y terminó la frase así.

Mi mente seguía parpadeando ante las visiones de Lydia entre las piernas de Virginia.

Una rival me estaba molestando.

"Hola, Lydia", dije, sin levantarme de mi asiento.

Ella estaba lo suficientemente en shock para no ver la furiosa lucha que estaba teniendo.

"Encantada de conocerte, Richy." Lydia casi lo hizo sonar como una pregunta. "Virginia, no me dijiste que traías un invitado".

La sorpresa de Lydia comenzó a evaporarse y fue reemplazada por una sonrisa sincera.

Ella siguió mirando entre Virginia y yo, obviamente tratando de descifrarnos.

Virginia ignoró su comentario.

"Richy, espera hasta que pruebes la comida de esta mujer", insistió Virginia, con orgullo en su voz, "hará que tu boca se haga agua. La mejor inversión que he hecho".

La declaración pareció poner a Lydia nuevamente en modo de shock.

Ella no parecía acostumbrada ver dar elogios a Virginia.

Así que este era el restaurante-negocio de las dos.

"Estoy deseando que llegue."

Intenté no moverme notablemente en mi asiento.

Mis pantalones estaban repentinamente incómodos.

Virginia iba a pagar caro por esto.

Prometí disfrutar cada momento de mi venganza.

Me pregunté si Virginia había exagerado la longitud de la lengua de Lydia.

"Voy a buscar al camarero encargado de esta mesa". La compostura de Lydia volvió, junto con su sonrisa acogedora. "Y a ver si puedo acelerar un poco la cocina".

"Gracias, Lydia", dijo Virginia, casi sonando como si la estuviera despidiendo.

Lydia se dirigió en busca del camarero.

"Eso fue particularmente malo", afirmé.

"Pensé que podrías necesitar algo de contexto. Una historia sin contexto es, bueno, solo una historia", explicó Virginia.

"Te das cuenta de lo que te voy a hacer cuando estemos a solas...", le amenacé.

"Cuento con eso", reflexionó Virginia, "decidí que quería ser violentada esta noche. Por supuesto, si es demasiado para ti aguantar, podría llevarte a la habitación de atrás ahora mismo".

Ella estaba absolutamente seria.

Supongo que esa cosa de negación y dolor iba a pesar sobre nosotros por un tiempo.

Mientras supiera que el final estaba a la vista, mis impulsos podían ser sofocados.

"Oh no. Esto tomará algún tiempo para planificar", bromeé, "el arrebato es un arte, no una ciencia".

Creo que la vi retorcerse un poco.

Tal vez no fui el único con un pensamiento vergonzoso.

***

La cena fue tan buena como Virginia había descrito.

Tuve el mero fresco asado más sabroso que nunca probé sobre una cama de berza.

Prácticamente se derretía en mi boca.

Lydia envió a la mesa el vino perfecto para acompañar nuestra comida y completar la ocasión.

Virginia y yo hablamos, nos reímos y disfrutamos mutuamente.

Me gustaba salir con esta mujer.

Justo antes del final de la comida, Virginia se excusó para usar el baño.

Se había ido solo por unos segundos cuando Lydia se deslizó rápidamente en el asiento de Virginia.

"¿Qué le has hecho a ella?" preguntó ella con una sonrisa radiante.

"¿Perdón?" Sabía lo que quería decir, pero no estaba seguro de cómo responder.

Me bloqueé

"Nunca la he visto tan feliz", admitió Lydia, "ahora que lo pienso, no la he visto mostrar nada más que 'se una perra' en público".

Supongo que ella pensó que yo entendería su comentario.

Que no lo tomaría como un insulto a Virginia.

Lo entendí.

Decidí decir la verdad.

"Supongo que es porque la amo", dije con una cara seria.

La cara de Lydia se iluminó.

"Dios mío, creo que ella también te ama", afirmó. "No pensé que nadie se metería bajo ese caparazón. Por favor, no le rompas el corazón. Yo, por ejemplo, no querría estar cerca si pasara eso. "

No pude contener mi risa.

Me llegó una imagen de una Virginia enojada que vagaba por el mundo y oleadas de personas se sentían su furia a su paso.

"¿Qué es tan gracioso?" Virginia estaba de pie detrás de nosotros con las manos en las caderas.

Lydia se encogió.

Sonreí y eché la cabeza hacia atrás.

"Solo hablando de ti, mi amor", dije con cariño.

Vi como la mueca de Virginia se desvanecía.

Me dio un beso al revés y se sentó en una silla vacía.

Lydia parecía que ya no quería estar allí.

"¿Se me permite saber lo que se dijo?" Virginia consultó con su expresión de 'yo-soy-la-mejor-consiguiendo-una-respuesta'.

Lydia no sabía qué decir.

Pero decir la verdad algo modificada fue la clave, con todas las partes buenas pero algunas omisiones leves.

"Le dije a Lydia que te amo. Ella me dijo que mejor no te rompa el corazón". Disfruto mucho cuando estoy en lo cierto.

Una Virginia de ojos húmedos abrazó a Lydia como si fueran amigas perdidas.

La confusión de Lydia fue muy entretenida por decir lo menos.

Su relación nunca había pasado del sexo.

Por lo que pude ver, ninguna de las relaciones pasadas de Virginia significaron nada para ella.

Hasta mí, todos ellos eran un medio para un fin y nada más.

"Esto no significa que puedas dejar perder tus ventas este trimestre", dijo llorosa Virginia mientras se limpiaba los ojos.

Lydia sonrió cuando apareció la más familiar Señora Negocios.

"No soñaría con decepcionarte, Señora... Buttingson".

Lydia se contuvo y perdió su sonrisa.

Sus ojos se movieron hacia mí y luego se alejaron culpables.

Por su bien, fingí que no me había dado cuenta.

Afortunadamente, Virginia hizo lo mismo.

"Me alegro mucho por los dos." Lydia se recuperó rápidamente y se puso de pie. "Tengo que atender a los otros clientes, así que disfrutad del resto de la velada".

Nos despedimos con gracia mientras se marchaba, revisando las mesas en el camino.

Cuando ella estuvo fuera del alcance del oído, me dirigí a Virginia.

"Tu historia me dejó con la impresión de que ella era más como una novia", dije con un brillo en mis ojos.

"Pensé que te gustaría más así", dijo Virginia, con su sonrisa malvada de nuevo.

Se inclinó hacia mi oído y me susurró:

"No creí que quisieras escuchar sobre las rayas que le marqué en su trasero o cuánto aprendió a disfrutarlas".

Sentí un escalofrío atravesarme.

"¿De Verdad?" Tartamudeé.

Nuevas visiones aparecieron detrás de mis ojos.

"La muchacha está deliciosamente desordenada cuando se corre", susurró Virginia, mientras me hacía cosquillas en la oreja, "la vista de ella marchitándose y cubriendo las sábanas era tan hermosa".

La vida con Virginia nunca sería aburrida.

Mi polla simplemente amaba su voz.

"Te llevaré a casa ahora", le informé.

Puede que fuera una caminata embarazosa hacia el auto, pero esperar ya no era muy deseable.

"Pensé que nunca lo pedirías", ella susurró.

"No lo hice", le dije con falsa valentía.

Virginia se rió y me dejó pensar que yo estaba a cargo.

CAPÍTULO 19

Esa noche y las siguientes noches y días fueron los mejores de mi vida.

Aprendimos los límites de cada uno y luego los expandimos.

Para mí ese era un mundo completamente nuevo.

Para ella era un universo completamente nuevo.

Vía sus labios rojos en mis sueños.

Eran buenos sueños.

Siempre me sorprendía cuando esos rubíes me despertaban por la mañana.

Y la compañía estaba en la misma vía rápida que mi corazón.

Mi equipo estaba en racha.

Todo lo que hacíamos surgía oliendo a rosas.

Todos estábamos viendo signos de dólar en nuestros sueños.

***

La noche del viernes fue mi primera calma en el paraíso.

Virginia tenía un compromiso previo.

En realidad, me sentí bien al respecto.

No estaba seguro de que pudiéramos mantener el ritmo que estábamos llevando por mucho más tiempo.

Eso, además, dijo que el sábado sería todo mío.

Pensé que podría prestársela al resto del mundo por una noche.

Así que pasé la noche del viernes lavando y limpiando mi apartamento.

Tuve que reírme de la ironía.

Aquí estaba en una relación comprometida, pero estaba solo el viernes por la noche.

Mi pobre pene podría aprovechar el descanso de todos modos.

CAPÍTULO 20

Me detuve en la casa de Virginia el sábado por la mañana.

No hace falta decir que estaba de muy buen humor.

Teníamos planes para dar un paseo por el zoológico y salir a almorzar o cenar, lo que se nos acercara primero.

Y encuentros sexuales no planeados serían un hecho.

Aunque estaba empezando a pensar que Virginia en realidad planeó la mayoría de ellos.

Acepté la ilusión porque me convenía.

Pero mi vida se rompió en pedazos cuando abrí la puerta.

Virginia estaba desnuda y arrodillada sobre el frío mármol en el centro del vestíbulo de entrada.

Sus manos estaban detrás de su espalda y sangre salía de su boca.

Estaba repitiendo 'Lo siento' como un mantra mientras miraba al vacío.

Me quedé inmóvil por un segundo, pensando que tal vez era una especie de truco.

Salí del trance y corrí hacia ella, llamándola por su nombre.

Tenía moretones por todos lados y sus ojos no me vieron.

La atraje hacia mí en un intento de que me reconociera.

Ella estaba hiperventilando su mantra y ni siquiera sabía que yo estaba allí.

Mi corazón se rompió.

Alguien había destrozado a mi ángel de porcelana.

La sostuve mientras sacaba el teléfono de mi bolsillo.

Pero dos manos fuertes me agarraron de la camisa, me levantaron y me arrojaron contra la pared.

La parte baja de mi espalda golpeó los azulejos, paralizando momentáneamente mi columna vertebral.

Mi teléfono se fue volando.

A través de las estrellas que aparecían en mi cabeza, vi que una especie de montaña de hombre se movía hacia mí.

Me obligué a ponerme de pie, tratando de formar algún tipo de defensa.

Más rápido de lo que podía reaccionar, una mano grande me envolvió el cuello y me sujetó contra la pared y comenzó a levantarme.

La otra mano golpeó en mi estómago.

Me estaba sofocando en mi propio vómito.

"Así que tú eres el hijo de puta que llenó la cabeza de mi hermana de mierda", gruñó.

Sus ojos no dejaban espacio para la misericordia.

Luché para tirar de su brazo, para disminuir la tensión en mi cuello.

"Ella es mía, pequeño insecto. Siempre lo ha sido".

A su declaración le siguió otro puño.

No podía respirar lo suficiente como para gritar.

La supervivencia hace cosas extrañas a la mente.

Te trae recuerdos de cosas que no habías pensado en años.

Tuve una clase de defensa personal una vez, cuatro horas completas en el Ejército.

Fue justo antes de que nuestra unidad fuera desplegada en Afganistán por un corto período de tiempo.

"Los estadounidenses no pelean de manera justa", dijo el sargento, "usamos la tecnología y la logística para matar a nuestros oponentes antes de que sepan que están en una pelea. Pero como siempre, las cosas se complican y es posible que te encuentres en una pelea justa. Los talibanes no tienen el poder de nuestra tecnología ni nuestro armamento. Están amontonados con entrenamiento cuerpo a cuerpo. Sólo tengo cuatro horas para enseñarles cómo sobrevivir a una pelea justa. Desafortunadamente, eso llevaría años, así que les voy a enseñar cómo hacer trampa ". Todavía podía escuchar su voz ronca. "Van a usar lo que encuentren como arma. Su casco, colgado de la correa de la barbilla, es una maza maravillosa. Lo suficientemente fuerte como para romper huesos. Su equipo lleva colgando una cantimplora llena de agua. Pero sea lo que sea que hagan no traten de amenazar a estos tipos con los puños. Serán superados. Así que mejor golpéenlos hasta la muerte con la culata de su rifle. Cualquier cosa para mantenerlos a un brazo de distancia. Si todo lo demás falla, quiero que recuerden: en ojos y oídos. Jódalos y les dejarán ir. Y las orejas salen como las cáscaras de plátano; los dejarán ir ".

Todo lo demás había fallado.

Me estaba muriendo lentamente.

Solté su brazo, me hundí más en el estrangulamiento y luego agarré sus orejas.

Su grito fue más fuerte de lo que esperaba cuando tiré con todas mis fuerzas.

El sargento tenía razón: me soltó.

Dejé caer su carne y agarré la lámpara de la sala y la giré.

El sonido fue repugnante cuando la base de la lámpara se hundió en el costado de su cara.

Cayó de rodillas y se desplomó en el suelo.

De repente solo hubo silencio a excepción del mantra de Virginia.

Dejé caer la lámpara, y luego eché mi desayuno.

Me arrastré, jadeando, a mi teléfono.

Todo había muerto.

Todos mis sueños, al menos los que importaban, se habían ido.

Marqué el 911 y me arrastré hasta mi amor destrozado.

Ella no podía verme o escucharme.

Todo lo que era ella se había derrumbado.

La mantuve así hasta que me alejaron de ella, su mantra aun haciendo eco.

Y me rompí entonces.

CAPÍTULO 21

Los meses que siguieron fueron una vista previa al infierno.

Los tabloides se enteraron de la historia y la prensa general siguió con ella.

Historias sucias alimentaron a los periódicos.

Riqueza, incesto, violación, palizas y Virginia perdida en ninguna parte.

Ella era lo que su hermano había creado.

Solo una cáscara amarga forjada a través de años de tormento.

La pude encontrar dentro de la cáscara, pero luego, en una mañana, la perdí.

El mundo era negro para mí; ya no había color.

Me dediqué de lleno a la empresa.

Me convertir en un jefe dictatorial nacido del odio que no tenía a dónde ir.

Quería y necesitaba que otros sintieran mi dolor.

Me fui temprano una mañana, después de haber llevado a Janeth al llanto.

Caminé por las calles y encontré un pequeño alivio para mi angustia.

Tanto el empleado como el artista trataron de disuadirme de ello.

Habían oído las historias y reconocieron mi rostro.

Pero el dinero compró el dolor.

Su codicia anuló la razón.

Lo disfruté.

Fue mi 'fusta' por elección.

***

Regresé esa tarde como medio yo mismo.

Me disculpé, a través de mis lágrimas, con Janeth.

Y les di más disculpas vergonzantes a los demás.

Todos entendieron, pero nunca lo entenderían completamente.

Regresé por más dolor al día siguiente.

Me encantó la sensación de ser tallado.

Me dejó recordarla y olvidar lo que vi ese sábado por la mañana.

Echaba de menos a mi perra.

***

No dejaron que nadie la viera durante ese primer mes.

Estaba aplastado cuando ella se negó a verme al siguiente.

Agregué más dolor a mi día.

No iba a ser suficiente.

Fue Lydia quien me encontró, borracho y en la azotea de mi edificio.

No iba a saltar, aunque caer era una posibilidad distinta.

Ella, la única persona que sabía la mitad de lo que me pasaba, me abrazó.

"Nadie lo sabía, Richy", dijo a mi ser borracho.

"¡Él la rompió porque yo no estaba allí!" Le grité.

Pero no me moví de sus abrazo.

Me recordó a Virginia.

"Solo dale tiempo. Nuestra Virginia regresará y nos mandará en poco tiempo", razonó y me abrazó con más fuerza.

No pude evitar reírme de eso.

Ese primer día con Virginia había sido una maldición.

Pero cambiaría todos los días, de aquí en adelante, para simplemente vivir esa maldición otra vez.

Al menos Lydia lo entendía.

***

Pasamos la tarde intercambiando historias de Virginia.

A su manera, Lydia amaba a Virginia.

Virginia condujo a un gran éxito al 'The Meet' y reveló a Lydia partes de ella que habían permanecido ocultas.

Virginia siempre había temido el contacto incontrolado.

Lydia había sido demasiado adelantada una vez y se vio afectada por la ira de Virginia.

Fue mi masaje, el que copié del crucero, el que comenzó a romper a su caparazón.

El inicio lento y la suavidad controlada.

Alimentó su reprimida necesidad del toque humano.

Su confusión, mezclada con la ira, cuando manejé su trasero, tenía sentido.

Mucho de lo que le pasaba a Virginia cobró más sentido mientras hablábamos.

"Solo desearía que ella me permitiera visitarla", dije mientras el alcohol se evaporaba lentamente de mi sistema.

"¿Crees que eso la detendría a ella?" Lydia preguntó con firmeza. "Si tú le dijeras que ella no podía verte, ¿crees que eso podría hacerla cambiar de opinión?"

Sonreí al pensarlo.

Me había revolcado en autocompasión, mientras que la mujer que amaba se revolcaba en la suya.

"Joder ¡no!" Contesté: "ella me doblegaría y me haría arrastrarme sobre mis manos y rodillas para pedir perdón".

Lydia asintió con una sonrisa de complicidad.

Le di a Lydia un beso en la mejilla.

"Voy a recuperar a mi perra".

CAPÍTULO 22

Virginia estaba en una instalación privada fuera del alcance de la prensa.

Era el mejor sitio que su dinero que podía comprar.

Se parecía más a un club de campo que a un hospital psiquiátrico.

Entré por la sección de visitas un lunes, con un Kindle cargado hasta los topes.

Tenía un plan y me llevaría unos días implementarlo.

Sabía que era terca y su nombre era Virginia.

"Por favor informe a Virginia Buttingson que Richard Carrington está aquí para visitarla".

Ya sabía cuál sería la respuesta de la enfermera, pero en un lugar como este, la solicitud la llegaría Virginia.

Me senté y me acomodé en la sala de espera.

Y mientras leo.

***

Repetí la misma operación después del almuerzo, me senté y leí un poco más.

Por dos días más, repetí el proceso.

La única ventaja es que pude avanzar en mi lista de pendiente de leer.

En el cuarto día cebé un poco más el anzuelo.

"Por favor, informe a Virginia Buttingson que Richard Carrington no ha estado trabajando durante cuatro días".

Las cejas de la enfermera se alzaron ante mi pedido.

"Palabra por palabra si fuera tan amable".

Me senté y comencé a leer.

Ni siquiera pude terminar un capítulo.

"Señor Carrington", dijo la enfermera.

Ella tenía una sonrisa en su rostro.

Creo que nos habíamos caído bien en los últimos días.

"Al doctor Harris le gustaría que lo viera en su oficina".

Me levanté con una mirada bastante engreída en mi cara.

Mi nena todavía estaba preocupada por sus inversiones.

Ella no podría haberse ido del todo.

"Señor Carrington ..."

Pero interrumpí rápidamente al doctor.

"Richard, por favor". Todavía estaba un poco animado.

"De acuerdo, Richard", continuó el doctor, "la señora Buttingson ha aceptado reunirse con usted siempre que yo esté presente. Creo que ella quiere que actúe como un amortiguador. Puede que no esté satisfecho con el resultado".

Le sonreí al doctor.

No tenía idea de lo que Virginia necesitaba.

Necesitaba que le devolvieran el caparazón y este idiota probablemente estaba tratando de destruirlo para siempre.

"No le importará si me mantengo un poco más optimista, ¿verdad?"

Sonaba como un gran gilipollas, pero era lo que diría Virginia.

Ella se vería mejor haciéndolo.

El doctor perdió la falsa amistad que estaba tratando de proyectar.

"Su desvergüenza es profunda, Richard. No quiero que deshaga lo lejos que ha llegado".

El doctor estaba realizando un tratamiento regular.

Eso nunca funcionaría con Virginia.

Ella necesitaba el remedio de mi pegamento para volver a armarla.

"Mantenga sus comentarios en el 'hoy'; no haga promesas que no se puedan cumplir. Ella necesita estabilidad y verdades sólidas, no sueños".

"¿Ella especificó que debería tener qué decirme?"

Me estaba poniendo engreído.

Vi la irritación en el rostro del doctor cuando se dio cuenta de que podría no cooperar.

Así es como se sentía la gente cuando Virginia tiraba alrededor todo su peso.

Era un poco intoxicante.

Solo se concentraba en su objetivo y arruina a todos aquellos que intentan ralentizarle.

"Está bien. Le hago saber ahora que le aconsejé que no lo hiciera". El doctor estaba furioso, pero yo estaba eufórico. "Es mi opinión que su tipo de relación no le hará ningún bien. Ahora necesita una relación más tradicional". Sonreí a su ignorancia. "Bueno, se lo advertí de la mejor manera que pude. Actuaré como mediador y hará oír su opinión. Mantenga la visita cordial y, por favor, no se enfades con ella si no ve las cosas a su manera".

"Esto no es antagónico. Lo entiendo, doctor".

Le sonreí a su suspiro.

Me estaba divirtiendo más de lo que debería.

El doctor era un asno pomposo de todos modos.

Descolgó el teléfono y le dijo a su secretaria que dejara entrar a Virginia.

Virginia entró y traté de no hacer una mueca.

Parecía que se había doblado en sí misma.

Ella dijo "hola" débilmente, con una dosis adicional de timidez.

Solo asentí con la cabeza y la vi caminar lentamente, casi tambaleante, hacia el otro lado del sofá.

Un buen abismo de cuatro pies de cuero nos separaba.

Dejé que el idiota dirigiera la conversación.

Pasó unos minutos monologando sobre sanación y nuevos comienzos.

Me entraba por una oreja y me salía por la otra.

Supongo que decidió encaminarse por algunos ejercicios de construcción emocional.

Era su error, no el mío.

"Ahora, Virginia, cuando miras a Richard, ¿qué ves?" preguntó clínicamente.

Miré a Virginia que estaba luchando por mirarme.

Su vergüenza era evidente; le había sido arrancada su fuerza.

"Miedo", dijo en voz baja, "tal vez vergüenza y pérdida".

Ella se cubrió los ojos antes de terminar.

Incluso sus labios habían perdido su brillo.

"Esto es más difícil de lo que pensé", dijo mirando al sofá.

"Así es como nos curamos, Virginia", la consoló el doctor.

Luego cometió su segundo error.

El primero fue dejarme entrar en la habitación.

"¿Qué ves cuando miras a Virginia, Richard?"

"Alguien para toda la vida", le respondí con rapidez y claridad.

Estaba mirando directamente a Virginia, inquebrantable en mi devoción.

Su cabeza se quebró con mi palabra.

"¿Puedes aclarar eso?" El doctor preguntó nerviosamente.

"No importa", estaba listo para dejar como un idiota al doctor.

Estos chicos 'sensibleros' son todos iguales.

Demasiadas palabras, pero no hay suficiente sentimiento.

Virginia me estaba mirando.

Vi que su fuerza estaba volviendo.

"Pensé que habíamos hablado de no decir promesas, señor Carrington".

El doctor estaba cada vez más irritado.

Creo que sintió que lo estaba ignorando.

Y así era.

"¿No importa qué?" Preguntó Virginia con un poco más de claridad.

Su cuerpo se inclinó hacia el mío.

Yo era su pegamento.

"No, ya lo dije."

Nunca quité mis ojos de los de ella.

Vi que su temor se desvanecía, lo que me hizo sonreír.

Ella me devolvió la sonrisa.

Era su sonrisa amistosa y acogedora.

Estábamos casi allí.

"Creo que voy a tener que terminar ..."

Interrumpí al buen médico antes de que su terapia arruinara a mi chica de por vida.

"¡Cállese la boca!" Ordené con veneno.

Estaba usando mi cara de 'Voy a arrancarte las orejas' cuando me giré hacia él.

Sorprendentemente, él cerró la puta boca.

Regresé con mi sonrisa a Virginia.

Ella se había arrastrado completamente por el sofá y avanzaba lentamente hacia mí.

No hice ningún movimiento hacia ella.

Esperé.

"¿No importa qué?" repitió mientras se acercaba aún más.

Su sonrisa y sus ojos cambiaron a una mirada más contundente.

Más de ella estaba de vuelta.

Solo había una cosa más que decir.

"Sí Ama."

Puse todo lo que tenía en esas dos palabras.

Escuché al doctor jadear.

Virginia se lanzó hacia adelante y en mis brazos.

Sus ojos estaban vivos otra vez.

Ella puso su mejilla junto a la mía.

"Necesito atarte, refrenarte", susurró ella.

Podía sentir su necesidad de control.

Ella había perdido tanto en los últimos dos meses.

"Hay una ferretería a un par de millas por la carretera".

Yo estaba comprometido.

Ella lo valía todo.

"Podría hacerte daño".

Ella casi estaba sollozando cuando dijo esto.

Acunó mi cabeza en sus manos y me miró con los ojos húmedos.

Estaba atormentada por la necesidad de controlarme completamente y la necesidad de amarme.

Todo lo que vi fue el amor.

Levanté la mano y tiré del cuello de mi camiseta, casi rasgándola, para exponer mi pecho izquierdo.

Un tatuaje elaborado que deletreaba 'Virginia' estaba sobre mi corazón.

Arte intrincado, nacido de horas de dolor.

La deseaba más allá de la razón y aceptaría lo que ella necesitara de mí.

Me dio la bienvenida.

Virginia se levantó con elegancia y miró al médico con desdén:

"Me voy, doctor".

La perra estaba de vuelta.

El doctor sabiamente solo asintió.

Creo que vi un poco de miedo en sus ojos.

Nos tomó menos de quince minutos salir de allá.

El empaquetamiento normal se ignoró a favor del método rápido de todo como caiga en la maleta.

Cuando cerró su maleta, algo cruzó por su mente y me miró con ojos serios.

"¿Estaría bien si nunca habláramos de mi familia?" ella me preguntó.

A ella tampoco la última deriva "sensible a la pelea" para curarse.

"Preferiría que nunca habláramos de ella", respondí.

Maldije el día que conocí a su hermano y sospeché que el resto de su familia también apestaría.

Virginia sonrió y agarró el pelo de la parte posterior de mi cabeza y acercó mis labios a los de ella.

Sentí su fuerza en el beso y eso viajó directamente a mi ingle.

Ella apartó mis labios y señaló su maleta.

Sonreí y la recogí.

"Te lastimaré porque lo necesito. No te lo voy a negar", dijo Virginia con una sonrisa maliciosa, "y tenemos que detenernos para comprar un lápiz de labios".

Habían pasado dos meses desde que tuve una erección.

Mi polla estaba compensando el tiempo perdido.

"Me encanta que yo consiga hacerte eso", ronroneó ella mientras miraba entre mis piernas.

La noche fue exquisita.

DOMINATRIX, CONSEJERA MATRIMONIAL
POR
ERIKA SANDERS

PRIMERA PARTE:
20 años de matrimonio

CAPÍTULO 1

Fue otra noche de sexo soso.

Pero ninguno de los dos se quejó.

Después de 20 años de matrimonio, el sexo se había convertido en una rutina más que cualquier otra cosa.

Rachel volvió a la cama después de lavarse entre las piernas.

Apagó la luz, se metió debajo de las sábanas y se acostó junto a su esposo.

"Eso fue encantador", dijo.

"Lo fue", respondió Roger. "Un poco mejor desde que los chicos que van a la universidad, ¿verdad?"

Ella lo empujó con el codo.

"Qué cosa tan horrible dices".

"Pero debes admitir que es bueno que ya no tengamos que mantener las cosas en silencio. Y podemos dejar la puerta abierta".

Rachel pensó por un momento.

"Supongo que sí. Pero, aun así, los extraño mucho".

"Yo también."

Ella cerró los ojos.

"Buenas noches."

"Buenas noches, cariño", respondió él, besándola en la frente.

CAPÍTULO 2

El día siguiente fue un día de trabajo típico para Rachel.

Era contadora de una firma de contabilidad de nivel medio.

Con el reciente crecimiento económico en el centro de la ciudad, tenía mucho trabajo que hacer para los nuevos clientes.

Durante el almuerzo, ella comió con el mismo grupo de mujeres que había comido durante los últimos años.

Hablaron sobre sus temas habituales: chismes, noticias de entretenimiento, familia, sus hijos, nuevas recetas, etc.

Todas eran mejores amigas y siempre disfrutaban de la compañía de las demás.

Eran casi las seis de la tarde cuando Rachel llegó a casa.

El auto de Roger ya estaba en el camino de entrada.

Cuando entró en la casa, ésta estaba particularmente tranquila.

Roger solía decir rápidamente "hola".

Ella lo llamó, pero no obtuvo respuesta.

Cuando Rachel entró en la cocina, un par de brazos envolvieron su cuerpo desde atrás.

Las manos le tocaron el pecho lascivamente.

Ella gritó en voz alta.

"¡Está bien!" dijo, soltándola. "¡Soy yo! ¡Soy yo!"

Rápidamente se dio vuelta para ver una mirada atónita en la cara de Roger.

Claramente no esperaba que su esposa reaccionara así.

"¡Dios! ¡Roger! ¡No vuelvas a asustarme así nunca más!"

"Quería sorprenderte".

"¿Cómo fue eso una sorpresa?" ella se enfureció. "Me asustaste a la luz del día. ¡Pensé que me estaban atacando!"

"Lo siento. Solo estaba tratando de ser romántico".

"No hay nada romántico en ser tocada de esa manera ".

"Lo siento. No lo volveré a hacer".

Rachel se tomó un momento para calmarse.

"No quise enojarme tanto. Es solo que, por favor, sé un poco más considerado con tus sorpresas, ¿de acuerdo?"

"Ya nunca nos divertimos. ¿Lo has notado?"

"Por favor, Roger, no estoy de humor para esto en este momento".

"Está bien", asintió él derrotado.

Rachel se dio la vuelta y fue a la habitación a cambiarse de ropa.

Se sentó en la cama y suspiró.

CAPÍTULO 3

Al día siguiente.

Rachel estaba frente a la computadora haciendo su trabajo de contabilidad.

Sonó su teléfono.

Era su esposo.

Ella respondió a la llamada, y cuando Roger le dijo que era importante, ella dijo que esperara un momento mientras salía a la calle para tener más privacidad.

Se preguntó de qué se podía tratar la llamada.

Roger rara vez llamaba mientras ella estaba en el trabajo.

Supuso que no podía ser por su pelea de ayer, porque ya lo había solucionado esa misma noche.

"¿Si?" Dijo cuando estaba afuera, lejos de los otros compañeros de trabajo.

"Hagamos un viaje la próxima semana", respondió sin rodeos. "Hay un lugar tranquilo donde podemos ir cerca de la costa".

"Realmente no puedo. Las cosas están muy ocupadas con mi trabajo en este momento".

"El mío también está así. Pero podemos hacer un hueco. Podemos ir el próximo viernes y quedarnos durante el fin de semana. Solo tómate un día libre en el trabajo".

"Pero no hay necesidad de esto", respondió ella, tratando de razonar con él. "No estoy enojada contigo. ¿No habíamos aclarado eso ayer en la noche?"

"No se trata de ayer. Se trata de nuestro matrimonio".

Esas palabras enviaron una conmoción total por toda la columna hasta los pies de Rachel.

Siempre había asumido que su matrimonio era fuerte y que le daba a Roger todo lo que siempre había querido de una esposa.

"¿Nuestro matrimonio está en problemas?" ella preguntó.

"No hables así. Pero hay una manera de hacer que nuestro matrimonio ... mejore ..."

Otra señal bajó por su columna vertebral.

"¿De qué se trata este viaje?"

"Creo que hay alguien que puede ayudarnos".

"¿Un consejero matrimonial?" ella preguntó sorprendida.

Se detuvo un momento.

"Sí. Algo así. Un consejero matrimonial".

"No lo estamos haciendo tan mal, ¿verdad? Pensé ... pensé ..."

La voz de Rachel se estaba volviendo sofocante y sus ojos se estaban humedeciendo.

"No lo estamos haciendo nada mal", respondió él, tratando de tranquilizarla. "Pero creo que podemos mejorar. Esto es algo en lo que he estado pensando durante un tiempo".

"Bien. Si crees que es lo mejor".

"Gracias, cariño. Siento haberte llamado al trabajo. Es una cosa de último minuto. Ella tuvo una vacante de último minuto en su horario y quería aprovecharla".

Rachel levantó una ceja.

"¿Ella? ¿El consejero es una mujer?"

"Si."

"¿Qué sabes de esta persona? ¿Por qué necesitamos viajar tan lejos por ella?"

"Te lo explicaré más tarde. Pero ella tiene una reputación única. Y creo que va a hacer maravillas para nosotros".

"Si eso es lo que quieres, entonces está bien".

"Me alegra que estés abierta a esto. Discutiremos los detalles esta noche".

"De acuerdo, adiós."

"Adiós."

La llamada terminó y Rachel quedó estupefacta con su teléfono en la mano.

Se le había caído una bomba encima, pero se dio cuenta de que haría lo que fuera necesario para mantener fuerte su matrimonio.

CAPÍTULO 4

Varios días después.

Rachel estaba parada en la habitación doblando ropa para el próximo viaje.

Sabía que el clima iba a ser caluroso, así que empacó las camisetas, pantalones cortos, sandalias y trajes de baño que Roger le dijo que llevara, ya que estarían cerca de la playa.

Ella no quería ir, no solo porque les iba a costar miles de dólares la idea, sino porque necesitaba pasar mucho tiempo en su trabajo, y este día perdido sería un día que tendría que recuperar.

Pero si esto era lo mejor para su matrimonio, entonces no quería pelear por eso.

Lo que más le molestaba era que Roger estaba siendo inusualmente parco y vago con respecto al asunto del asesoramiento matrimonial.

En todos sus años de matrimonio, siempre habían sido abiertos sobre todo.

Nunca había habido secretos.

Nunca hubo mentiras.

Por eso su matrimonio era tan exitoso.

Hasta ahora...

Pasó mucho tiempo preguntándose por qué Roger quería ver a una consejera.

¿Qué le pasa a nuestro matrimonio?

Pensé que todo estaba bien.

Pensé que todo era perfecto entre nosotros.

¿Es el sexo?

¿Ya no soy lo suficientemente buena?

¿Quiere a alguien más?

¡¿Está teniendo un amorío?!

La maleta estaba casi llena.

Todo lo que faltaba por meter era el traje de baño.

Había un par viejo en su armario.

Que ella no había usado en años.

Se desnudó frente al espejo.

Ella miró su cuerpo desnudo.

Las líneas leves en su rostro habían crecido.

Sus pechos, anteriormente muy turgentes, habían comenzado a ceder.

Sus caderas se estaban volviendo más gruesas a pesar de los ejercicios aeróbicos.

La verdad es que no es de extrañar que Roger quiera ver a una consejera.

Se puso el traje de baño y posó frente al espejo con él.

Esto le gustará.

En ese momento, Roger salió del despacho de su casa y se acercó a Rachel con el ceño fruncido.

"¿Qué pasa?" preguntó ella, todavía en su traje de baño.

"Acabo de hablar por teléfono con mi jefe. Uno de nuestros clientes acaba de recibir una demanda multimillonaria. Ya no puedo ir a ese viaje".

Ella lo miró a los ojos y supo que Roger estaba diciendo la verdad.

Un rayo de esperanza cruzó la mente de Rachel.

Estaba contenta de que el viaje probablemente fuera cancelado.

"Eso es muy malo", respondió ella. "¿Significa esto que el viaje se cancela?"

"No tiene sentido cancelar todo el viaje porque ya he pagado los vuelos y los arreglos del asesoramiento. Deberías ir sola".

Ella se sorprendió.

"¿Quieres que vea a una consejera matrimonial sola? ¿Qué sentido tiene eso?"

Él suspiró.

"Rachel, te amo mucho. Te amo más que a nada. Eres el amor de mi vida".

"Oh Dios, estás teniendo una aventura. ¿No es así? Hay alguien más, ¿no?"

"No, no es nada de eso", dijo enfáticamente. "Nunca te engañaría. Nunca lo he hecho, y nunca lo haré".

"Entonces, ¿qué está pasando? En estos últimos días, has sido muy evasivo sobre este viaje. Nunca antes has estado tan reservado".

Suspiró nuevamente y sacudió la cabeza.

"Lo siento. No he sido completamente honesto contigo. Creo que no soy tan valiente como pensaba".

"¿Dime que es eso?"

"¿Confías en mí?"

"Por supuesto que sí. Si tienes una aventura, solo dímelo. Podemos resolverlo".

"No estoy teniendo una aventura Rachel. Pero creo que debe haber cambios en nuestro matrimonio".

"¿Ya no soy lo suficientemente buena?" ella preguntó.

"Deja de decir cosas así. Eres mi esposa. Te amo más que a nada".

"Entonces, ¿por qué no eres honesto conmigo?" exigió.

Sacudió la cabeza.

"Estoy tratando de ser honesto. Pero no puedo. Esto no es fácil. Créeme, desearía que todo fuera fácil".

"Ya no te entiendo, Roger".

Una tristeza apareció en su rostro.

"¿Puedes prometerme que aun así irás? Sé que es difícil irte así, pero no te lo preguntaría a menos que pensara que podría ayudar a salvarse a nuestro matrimonio".

"¿Crees que nuestro matrimonio necesita salvarse?" preguntó ella, con lágrimas en los ojos.

"Por favor, no hagas esto más difícil, Rachel. ¿Puedes prometerme que irás sola? Quiero que conozcas a la consejera y escuches lo que tiene que decir. Solo escucha, y si no te gusta, luego vente a casa. Por favor, te lo ruego ".

Las lágrimas ya se derramaban por su cara.

Rachel se ahogó en ellas y apenas podía hablar.

Luego, rodeó a su esposo con los brazos y le dio un gran abrazo sofocante.

No iba a perder su matrimonio así que no importaba el costo.

SEGUNDA PARTE:
Lady Samantha y la esposa

CAPÍTULO 5

Rachel vio a un hombre bien trajeado después de salir de la terminal del aeropuerto con su equipaje.

El hombre sostenía un cartel con su nombre.

Hablaron y confirmaron la identidad de ambos.

Ella se subió a su automóvil de lujo para realizar un viaje de unos treinta minutos hasta que llegaron a su destino.

Ella esperaba llegar a un edificio de oficinas.

Pero se sorprendió al ver que el destino era en realidad una gran casa cerca de la playa, que parecía más una mansión.

La dueña del lugar era una persona muy rica.

Y la dueña definitivamente no era una consejera matrimonial corriente.

El auto se detuvo en el camino de entrada.

El conductor fue al maletero para sacar el equipaje.

En ese momento, se abrió la puerta principal de la mansión junto a la playa y salió una mujer alta y escultural.

Se veía impresionante, de unos treinta años, con el cabello largo y ondulado y un cuerpo de modelo.

"Debes ser Rachel", sonrió la mujer. "He escuchado cosas maravillosas sobre ti".

"Esa soy yo. ¿Y tú eres?"

"Samantha. Bienvenida a mi casa".

Las dos mujeres se dieron la mano cordialmente.

"Qué hermoso lugar. Ciertamente no esperaba nada como esto".

"La mayoría de la gente no lo hace. Es una lástima que tu esposo no haya podido venir".

"¿Conoces a mi esposo?" Preguntó Rachel.

"Viajo mucho con mi padre por negocios y he visto a tu esposo varias veces. Pero podemos hablar más sobre eso más tarde. Estoy segura de que estás agotada. Déjame mostrarte tu habitación primero".

Samantha condujo a Rachel acompañada del conductor por las escaleras de la gran mansión hasta la habitación de invitados.

El conductor puso el equipaje en el dormitorio y luego se fue.

Rachel estaba en un constante estado de maravillada mientras miraba la mansión.

No podía llegar a calcular cuánto valdría todo.

"Te dejaré ducharte y descansar", dijo Samantha. "Las toallas están en el mismo baño. Ven a la playa alrededor de las seis de la tarde. Podremos ver la puesta de sol juntas y tomar un poco de jugo de fruta fresca".

"Eso suena delicioso".

Samantha sonrió.

"Nos vemos entonces".

CAPÍTULO 6

Rachel se dio una ducha fría y se relajó.

La habitación de huéspedes de la casa era mejor que cualquier habitación de cualquier hotel lujoso en el que se hubiera alojado.

Todo era puro lujo y clase.

Se preguntó qué había planeado Roger.

***

Llegaron las seis de la tarde y Rachel bajó las escaleras, vestida de forma casual para el clima cálido en el que se encontraban.

Salió hacia la playa y comprobó que la vista era hermosa.

Había olvidado lo hermoso que podía ser el océano, especialmente durante una puesta de sol.

Vio a Samantha parada allí, admirando la vista del océano.

"Tienes tanta suerte de poder disfrutar de esto todos los días", dijo Rachel.

"En efecto."

"Entonces, ¿qué haces exactamente aquí?"

"¿Qué te dijo Roger?"

"No mucho, desafortunadamente. Solo que eres una especie consejera matrimonial. Pero por lo que parece, ya no estoy muy segura de que ese sea el caso".

"Hago varias cosas", respondió Samantha. "Hago algo de bienes raíces y desarrollo de trabajo en nombre de mi padre. Pero también hago favores para la gente. Favores que disfruto mucho brindando".

"¿Cómo? ¿Asesoramiento matrimonial?"

Samantha mostró una hermosa sonrisa.

"Se puedes decir así también."

"¿Por qué todos son tan vagos acerca de esto? ¿Hay algún secreto que no deba saber?"

"Si quieres saber la verdad, he ayudado a muchas parejas a lo largo de los años. No me importa el dinero. Lo hago por placer. Disfruto ayudando".

"¿Y cómo exactamente ayudas a estas parejas?" Preguntó Rachel.

"¿Cómo piensas? ¿Cuál es la base de una buena relación?"

"Amor", respondió Rachel.

"Sexo", guiñó Samantha. "Ayudo a las parejas a que les funcione el sexo".

Rachel se sorprendió hasta el núcleo, pero no dejó que su rostro lo mostrara.

Se sorprendió de que su amado esposo de veinte años estuviera pensando en eso cuando le hablo de ella.

"¿Entonces eres terapeuta sexual?"

"No me gustan mucho las etiquetas", respondió Samantha. "Pero sé mucho sobre sexo. Sé lo que le gusta a la gente y cómo puede mejorarse. Es un talento natural que tengo".

"No creo que esto sea adecuado para mí. Gracias por la amable hospitalidad, pero debería irme. Tomaré el próximo vuelo a casa".

"Acabas de llegar".

"Lo sé, pero..."

"Roger me advirtió que estarías preocupada por esto".

"¿Te has estado acostando con él?" Preguntó Rachel sin rodeos.

"No. Créeme, tu esposo es un hombre fiel. Simplemente le eché un vistazo y supe que su vida sexual era muy deficiente. Entonces, cuando encontré una oportunidad en mi agenda, le hice una oferta a tu esposo".

Rachel entrecerró los ojos.

"Sí, a cambio de varios miles de dólares del dinero de mi esposo, ¿verdad?"

"Como dije, el dinero no significa nada para mí. Mira a mi alrededor, no necesito el dinero de tu esposo. Pero si no le cobro a la gente, tendré una larga fila de hombres esperando afuera de mi puerta para obtener gratis el servicio."

"Bueno, gracias por la hospitalidad. No quiero perder tu tiempo. Todo esto no es para mí. Tomaré el próximo vuelo disponible".

Samantha asintió con la cabeza.

"Eso es perfectamente comprensible. Puedes quedarte aquí todo el tiempo que quieras. Mi conductor te llevará cuando lo desees. Le devolveré el dinero a tu esposo lo antes posible".

"Gracias."

"La mejor de las suertes con tu matrimonio", dijo Samantha, volviendo su atención a la puesta del sol.

Rachel hizo una pausa por un largo momento.

"¿Qué sabes sobre mi matrimonio?"

"Tu esposo quería esto por una razón específica. Así que sé que tu vida sexual debe ser increíblemente aburrida y monótona".

"Hay más en el matrimonio que solo el sexo. Nos amamos. Somos grandes compañeros en la vida".

"Sigue diciéndote eso", respondió Samantha. "Tu esposo obviamente siente que falta algo en tu relación. Pero si crees que todo es perfecto, entonces siéntete libre de irte".

Rachel hizo otra larga pausa.

"Si me quedo aquí, quiero decir, durante los próximos días, ¿qué va a pasar? ¿Qué voy a hacer aquí?"

"Si te quedas, te enseñaré los placeres de la dominación y la sumisión. Esa es mi especialidad. Alguien como Roger necesita sentir que es el hombre en la relación. Puedo enseñarte cómo servirlo adecuadamente".

"Suena un poco crudo".

"El sexo es crudo. Pero también es hermoso. ¿Cuándo fue la última vez que tuviste un orgasmo alucinante? Del tipo que deja un charco entre tus piernas".

"No me acuerdo", respondió Rachel. "Años. Quizás más".

"Pobrecita. Pero puedo arreglar eso. Las mujeres mayores, particularmente las esposas, son una especialidad mía".

"No vamos a ... ya sabes ..."

"Lo haremos. Haremos todo juntas".

"No puedo hacer eso", respondió Rachel. "Eso es de locos. Nunca antes había hecho nada con otra mujer".

"Piense en esto como una experiencia de aprendizaje. Además, no es de locos si tu esposo piensa que es beneficioso".

"Ciertamente estás muy entusiasmada con todo este proyecto".

Samantha sonrió.

"Tú también deberías estarlo".

"¿Ahora qué entonces?"

"Ahora, vuelvo adentro para prepararme para la cena. Mi chef está haciendo algo delicioso. Si quieres quedarte, únete a mí para la cena. Si quieres irte, habla con mi conductor".

"Quiero quedarme."

"La cena debería estar lista pronto. Podremos conocernos mejor. Mañana es cuando comienza la verdadera diversión".

Samantha mostró otra sonrisa llena de insinuaciones.

Luego se volvió para entrar en su gran mansión.

CAPÍTULO 7

Al día siguiente.

Una pequeña parte del personal les servía el desayuno al aire libre.

Todo era atendido adecuadamente.

Toda la comida estaba recién preparada.

Las dos mujeres disfrutaron mutuamente de su compañía mientras desayunaban.

"Realmente puedo acostumbrarme a esto", bromeó Rachel.

Samantha le guiñó un ojo.

"¿Quién suele cocinar en tu casa? Supongo que eres tú. Pareces una mujer muy domesticada".

"Me criaron a la antigua usanza. Vengo de una larga línea de mujeres amas de casa".

"Típico. Tienes ese aspecto conservador clásico".

"Lo escucho mucho", Rachel se encogió de hombros. "Pero por una buena razón. Me encanta cuidar a mi familia. Me encanta ser la madre y la esposa ideal para ellos".

Samantha asintió con la cabeza.

"Estoy segura de que Roger aprecia todo lo que haces en la casa".

"Lo hace", respondió Rachel. "Tengo mucha suerte de tenerlo. La mayoría de los esposos no aprecian el trabajo que sus esposas hacen por ellos".

"¿Roger te recompensa? ¿Te permite chuparle la polla?"

"¿Perdón?"

"¿Roger te permite chupar su pene cuando has sido una buena chica?"

Rachel se sorprendió por la charla lasciva durante el desayuno, especialmente frente al personal.

Las conversaciones descaradas sobre el sexo siempre le habían parecido de pésimo gusto.

"No creo que sea asunto tuyo", respondió Rachel.

"¿No es así? Pensé que querías mi ayuda."

"Supongo, pero ..."

"Sé honesta. Ambas somos mujeres adultas. Y mi personal es muy discreto. Solo estoy tratando de ayudarte".

Rachel dio un leve suspiro.

"Lo hago por él, solo a veces. No me gusta mucho hacerlo".

"Entonces, ¿en qué consiste tu vida sexual con Roger? ¿Él se sube encima de ti, te da unos cuantos vaivenes y luego se corre?"

"Básicamente."

Samantha casi se rio.

"Esa no es una gran vida sexual. Suena más como una formalidad".

"Funciona para nosotros".

"Obviamente no. Roger te quiere aquí por una razón. Odio darte la noticia, pero Roger es un chico normal y cachondo. Le encanta el sexo. Y le encanta recibir mamadas. Pero es demasiado tímido para pedirle a su linda y pequeña esposa favores extra ".

"Estás siendo presuntuosa".

Samantha levantó una ceja.

"¿Lo estoy siendo? ¿Roger ha rechazado alguna vez el sexo? ¿Parece un chico de prepa cada vez que le chupas la polla? Sabes que tengo razón. Todos los hombres son iguales en lo que respecta al sexo".

"No es así como me crie", dijo Rachel después de una larga pausa. "Probablemente tengas razón sobre Roger. Pero ya no sé cómo complacerlo".

Samantha chasqueó los dedos y alguien del personal trajo un juguete sexual en una bandeja de plata.

Samantha lo recogió y el personal se fue.

El juguete sexual de color carne tenía la forma del pene de un hombre.

"Es sorprendente cuán realistas se han vuelto estos juguetes para adultos", dijo Samantha, sosteniéndolo en alto y maravillada.

A pesar de que estaban al aire libre, a Samantha no parecía importarle sostener un consolador.

Rachel se sintió algo incómoda, a pesar de que no había nadie más alrededor.

"¿No tienes miedo de que alguien pueda pasar y verte con eso?" Preguntó Rachel.

"Es perfectamente legal tener un juguete sexual en el Estado".

Rachel asintió tímidamente.

"Tienes razón."

"Tampoco hay nada malo en besar a uno".

"¿Qué quieres decir?"

Samantha agitó ligeramente el consolador.

"Adelante, dale un besito".

"¿Por qué?"

"Tengo curiosidad de cómo te ves con un pene en la boca".

Rachel parecía nerviosa cuando Samantha le tendió el consolador, que apuntaba a su cara.

Ella se imaginaba que discutir sería inútil.

Ella era una invitada en una casa de lujo.

Ella sabía que sería grosero rechazar la solicitud.

Se inclinó hacia adelante sobre la mesa y besó la cabeza del consolador.

"Ahora abre tus labios", dijo Samantha. "Llévalo adentro".

Rachel se sintió incómoda, pero lo hizo de todos modos.

Ella permitió que el juguete sexual se metiera dentro de su boca.

Samantha comenzó a empujar y tirar del consolador en la boca de Rachel para simular el sexo oral.

"¿Eso es todo?", dijo Samantha, observando atentamente. "Chúpalo. Todo así. Imagina que es el de Roger".

Al escuchar esas palabras se encendió un fuego en Rachel.

Ella chupó más fuerte, más rápido y más duro.

Ella realmente comenzó a realizar sexo oral al consolador.

Antes de que Rachel pudiera continuar, Samantha retiró el consolador de su boca y Rachel se recostó en su asiento.

"No está mal", dijo Samantha. "Pero tus habilidades con la mamada podrían mejorar un poco. Trabajaremos en eso más tarde. Creo que Roger estará muy contento para cuando regreses a casa".

"Eso espero", se sonrojó Rachel.

Samantha sonrió.

"Tenemos un largo día de entrenamiento por delante. Terminemos nuestro desayuno y aprovechemos nuestro tiempo".

Volvieron a comer su desayuno.

Rachel bajó la mirada hacia su comida, pero todavía estaba pensando en las últimas palabras de Samantha.

¿Entrenamiento? ¿Qué demonios habrá querido decir con eso?

CAPÍTULO 8

El dormitorio de Samantha constaba de un área grande y espaciosa.

Y era simple pero elegante.

Los muebles parecían rústicos y caros.

El balcón estaba abierto y tenía una vista perfecta del océano.

"Su esposo me dijo tu tamaño y medidas", dijo Samantha. "Así que seguí adelante y te compré un nuevo guardarropa".

Había una maleta en el medio de la habitación.

Samantha la abrió para revelar una gran variedad de prendas, la mayoría bastante reveladoras, y una gran variedad de ropa interior.

Rachel se quedó estupefacta.

"¿Todo esto es para mí?"

"Todo dentro de esa maleta es para ti. También te he comprado un nuevo kit de maquillaje".

"¿Qué tiene de malo mi maquillaje?"

"Nada, si eres contadora", respondió Samantha. "Pero si quieres darle a tu esposo una erección constante, entonces tendrás que esforzarte un poco más".

"A Roger le gusta como a mí me gusta".

"Eres una mujer muy bonita. Estoy segura de que Roger cree que eres la mujer más bonita del mundo. Pero a veces los hombres solo quieren una puta sucia en el dormitorio. Esos son los hechos".

Rachel hizo una pausa.

"Ya no soy exactamente una mujer joven".

"No hay absolutamente nada de malo en las mujeres de tu edad. Todos aman a las mujeres mayores. Adoro a las mujeres mayores".

"Entonces, ¿qué estamos haciendo?"

"Es bueno ser una ama de casa primitiva y adecuada. Pero también es bueno ser una pequeña zorra sucia en el dormitorio de vez en cuando. Eso es lo que te voy a enseñar".

Rachel respiró hondo.

"Bien. Mantendré una mente abierta a lo que sea que tengas que decir".

"Bien. Ahora desvístete".

"¿Perdóname?"

"Desnúdate. Quítate la ropa. Toda."

"¿Por qué?"

"Pensé que habías dicho que estabas manteniendo una mente abierta" Dijo Samantha con una ceja levantada. "Si quieres mi ayuda, entonces escucha lo que tengo que decir".

Rachel ya tenía claro que discutir con Samantha nunca era una estrategia ganadora.

Ella respiró hondo para armarse de valor, y se quitó la ropa de forma vacilante, doblando cuidadosamente cada prenda y colocándola en la cama cercana.

Era un poco vergonzoso para Rachel desnudarse frente a Samantha, ya que su cuerpo estaba envejecido, y Samantha era muy joven y estaba en forma.

Pero Rachel se dijo a sí misma que era como desvestirse frente al médico.

Samantha probablemente había visto a muchas mujeres desnudas de su edad.

Ella lo ha visto todo.

Cuando termine este viaje, nunca tendré que volver a verla.

Entonces, ¿a quién le importa si ella me ve desnuda?

Se quitó toda la ropa y al final Rachel estaba completamente desnuda delante de una mujer mucho más joven y atractiva.

"Muy femenina y hermosa", dijo Samantha con un poco de insinuación mientras asentía.

"¿Eso crees?"

"Como dije, adoro a las mujeres mayores. Y amo a las amas de casa. Creo que eres extremadamente atractiva".

Rachel se encogió de hombros.

"¿Y qué sigue?"

"Sígueme."

Samantha llevó a Rachel a la cómoda.

Rachel se sentó frente al gran espejo y una mesa llena de productos de belleza de marca.

Ambas miraron el reflejo en topless de Rachel en el espejo.

Entonces Samantha usó una servilleta húmeda para limpiar el maquillaje de Rachel hasta que su cara quedó limpia.

Las arrugas y las líneas de edad en la cara de Rachel se habían vuelto más evidentes.

"Tienes una belleza tan natural, Rachel. Eres muy bonita".

"Gracias."

"Pero no estamos interesadas en lo bonito en este momento", dijo Samantha. "Estamos interesadas en lo sexy . ¿Estás lista para eso, Rachel?"

"Creo que sí."

"Vamos a empezar."

Samantha fue directamente a trabajar aplicando los cosméticos.

Ella aplicó hábilmente una capa de rubor, sombra de ojos, rímel, delineador de ojos y un tono brillante de lápiz labial rojo.

Segundo a segundo, la recatada ama de casa observaba cómo se iba transformando su apariencia.

Cuando ella terminó, Rachel apenas podía reconocerse a sí misma.

"¿Qué te parece?" Preguntó Samantha, orgullosa de su trabajo.

"Se ve ... se ve ... interesante ..."

Samantha palmeó los hombros de la mujer.

"Te acostumbrarás. Solo recuerda, esto es solo para ti y Roger. Para nadie más".

"Entiendo."

"Ahora, vamos a vestirte, ¿de acuerdo?"

Rachel se levantó y siguió el paso de Samantha en la gran habitación.

Samantha buscó dentro de la maleta y sacó una delgada bata roja.

"Pruébate esto", dijo Samantha. "Y mírate en el espejo".

Rachel miró su reflejo desnudo en el espejo mientras se ponía la bata.

Era escasa, delgada y pequeña.

Sobre todo, era semitransparente.

El color de sus pezones y vello púbico eran completamente visibles.

"Es un poco revelador, ¿no te parece?" Rachel expresó en voz alta lo que era obvio.

"Esa es la idea. Cuando estés en casa, quiero que uses esto para Roger en todo momento. Será un matrimonio más feliz".

"¿Quieres que esté prácticamente desnuda en todo momento?"

"Piénsalo, ¿Roger discutiría contigo mientras tus pezones están expuestos?"

"Esa es ciertamente una forma divertida de ver las cosas", respondió Rachel con una risita.

Samantha sonrió.

"He ayudado a muchas parejas a lo largo de los años. Confía en mí, sé de lo que estoy hablando".

Las dos mujeres se sonrieron juguetonamente antes de que ella se probara más atuendos.

CAPÍTULO 9

Más tarde ese mismo día.

Rachel estaba en un estado de profunda relajación.

Estaba en la sala del spa, sola con una masajista entrenada.

Su mente se alejó mientras su espalda recibía un masaje experto.

Era una dicha.

"Me alegra que te estés divirtiendo", dijo Samantha, entrando al spa.

"Esto es el cielo."

"Un buen masaje siempre es celestial. Lamento interrumpirlo, pero acabo de hablar por teléfono con mi padre. Algo ocurrió".

Rachel se incorporó para escuchar las noticias.

Sus senos se mostraban, pero no le importaba.

"¿Está todo bien?" ella preguntó.

"Todo está bien. Pero mi padre está teniendo una cena importante con varios de sus socios comerciales, y quiere que me una a ella. Me quiere al tanto. Además, soy excelente para entretener a los invitados".

"¿Debería irme?" Preguntó Rachel, secretamente temiendo lo peor.

"No, no. Pero no estoy segura de a qué hora volveré, así que ponte cómoda en mi casa. Ya he dado instrucciones al personal para que te preparen una buena cena. Haz lo que quieras después. Hay libros, películas, música, lo que quieras. Mi personal te ayudará con lo que necesites ".

"Gracias, eres muy amable."

Samantha levantó una ceja.

"Si estás de humor para algo un poco más provocativo, entonces prueba la colección de DVD en mi habitación. Quién sabe, es posible que veas algo que te guste".

"Lo tendré en cuenta", respondió Rachel, insegura de cómo interpretar las insinuaciones.

"Diviértete. Intentaré regresar pronto".

"Que tengas una buena noche."

Samantha esbozó una sonrisa maliciosa y se fue.

CAPÍTULO 10

Esa misma noche.

La lujosa mansión se veía un poco aburrida sin su dueña.

Después de una cena temprana, Rachel observó la puesta de sol y exploró la casa una vez más.

Echó un vistazo a lo que tenía para el cine en casa y la colección de música, pero nada le interesó mucho.

Ahora miraba la televisión en la sala de estar.

Las noticias eran lo único que le interesaban.

Se preguntó cómo estaba Roger.

Se preguntó si Roger la echaría de menos.

Llegó el aburrimiento.

Eran las once de la noche y Rachel decidió irse a la cama.

De camino a su habitación, pasó por delante de la habitación de Samantha.

La puerta estaba abierta de par en par.

La oferta de ver los DVD privados de ella todavía estaba presente en la mente de Rachel.

¿Por qué no?

Ella me invitó a entrar en su habitación para mirar.

Rachel entró en el dormitorio principal y fue hacia la gran televisión.

Los DVD no fueron difíciles de encontrar.

Había más de 200 DVDs, estimó.

Todos los DVD eran caseros.

Cada DVD tenía un nombre escrito, junto con una fecha.

Rachel encendió la televisión y el reproductor de DVD.

Ella seleccionó un DVD aleatorio titulado: Joseph 07-03-2018

El DVD comenzó y Rachel se sentó en la cama.

Ella se sorprendió por lo que vio.

Un hombre desnudo apareció en la pantalla.

Era de mediana edad y estaba en una forma normal.

Tenía la cara de un hombre de negocios exitoso.

Su pene era pequeño y estaba flácido.

Se veía tímido.

Estaba mirando directamente a la cámara.

Estaba de pie en una habitación de invitados.

El hombre declaró su nombre, edad y que su ocupación laboral era un promotor de bienes raíces.

La escena se sentía muy extraña e hizo que Rachel se sintiera extremadamente incómoda.

No podía entender por qué Samantha tendría un DVD como ese.

Rachel se levantó y estaba a punto de apagar el DVD cuando de repente, escuchó la voz de Samantha proveniente del televisor.

Estaba comenzando a dar órdenes al hombre desnudo.

Rachel volvió a sentarse para seguir observando.

El hombre desnudo en la pantalla se acarició.

Su pequeño pene se hizo un poco más grande y rígido.

El hombre se arrodilló cuando la voz de Samantha se lo ordenó.

Samantha apareció en la pantalla y Rachel casi jadeó.

Samantha apareció en el video vestida con un corsé de cuero apretado, mostrando sus brazos y piernas.

Había un consolador largo sujeto con una correa entre las piernas de Samantha que debía estar midiendo al menos veinte centímetros.

Samantha se paró frente al hombre arrodillado, y el hombre comenzó a succionar el pene del cinturón con entusiasmo.

Lo único que Rachel podía hacer era mirar casi en estado de shock.

Estaba completamente incrédula de que Samantha hiciera tal cosa con un hombre.

Sus instintos le dijeron que apagara el DVD, pero no pudo.

La pantalla se había vuelto hipnótica.

En el video, Samantha ordenó al hombre que se pusiera de pie y se inclinara sobre la cama.

Lo hizo con entusiasmo.

Samantha luego aplicó una gran cantidad de lubricante en el juguete sexual y se colocó detrás del hombre.

Rachel jadeó mientras veía a Samantha penetrar al hombre.

Fue todo lo que Rachel pudo soportar.

Se puso de pie y apagó el DVD.

Cuando volvió a colocar el DVD en su sitio en la colección, vio otro video etiquetado como Anna 23-05-2019.

Fue grabado hace solo unos meses y la protagonista debía de ser una mujer.

Rachel sintió curiosidad, y ella introdujo el video y volvió a sentarse en la cama.

El video mostraba a una mujer madura y desnuda.

La mujer tenía poco más de cincuenta años.

Evidentemente una ama de casa.

El video también fue tomado en la misma habitación, pero esta vez, Samantha estaba sosteniendo la cámara y hablando con la ama de casa.

Samantha ordenó a la mujer que se arrodillara y se arrastrara hacia el coño de Samantha.

La mujer realizó expertamente sexo oral en el coño bien afeitado de Samantha.

Rachel se sintió abrumada por la lujuria que sintió al ver el video privado de sexo casero de Samantha.

Se agachó y se tocó mientras miraba.

Ella empezó a jugar con su coño.

El lesbianismo y la sumisión nunca fueron sus fantasías, pero había algo fascinante en los videos caseros de Samantha.

Rachel continuó frotando su coño hasta que el video terminó.

Luego reprodujo otro video, esta vez de una pareja.

El tiempo pasó volando y Rachel había ya visto algunos videos más.

Ella se corrió poderosamente viendo el porno casero.

Había pasado mucho tiempo desde que había sentido un orgasmo tan bueno.

Ella cerró los ojos para descansar un rato.

***

Rachel se despertó al sentir un dedo frotando su piel.

Sus ojos se abrieron.

Todavía era de noche.

Levantó la vista y vio a Samantha parada sobre ella con una sonrisa en su rostro.

"Veo que has disfrutado de mi colección", sonrió Samantha.

Rachel rápidamente cubrió su coño.

"Oh Dios. Lo siento mucho. Debo haberme quedado dormida".

"No hay nada de que lamentarse. Encontraste algo que te gusta. Ahora estamos listas para el siguiente paso".

Ambas mujeres se miraron a los ojos.

Hubo un breve momento de silencio entre ellas.

Y también hubo un tranquilo entendimiento de que las cosas iban a volverse mucho más interesantes.

TERCERA PARTE:
La esclavitud es nuestro placer

CAPÍTULO 11

El desayuno fue casi incómodo a la mañana siguiente para Rachel.

Era la primera vez en su vida que la habían pillado masturbándose.

Tenía una sensación de vergüenza e incomodidad.

"Debes tener un montón de preguntas", dijo Samantha.

"Algo."

"No seas tímida. Vamos a escucharte".

"¿Qué estabas haciendo exactamente en esos videos?" Preguntó Rachel.

"Diferentes personas tienen diferentes fetiches. Eso es un hecho de la sexualidad humana. Simplemente proporciono un servicio para esos fetiches".

"¿Eres una especie de dominatrix, o como se llame hoy en día?"

Samantha sonrió.

"Cuando quiero serlo. O si alguien necesita mi ayuda".

"¿Llamas a eso ayuda?" Preguntó Rachel, arqueando la ceja.

"Claro que sí. ¿Viste cuánto se corrieron esas personas?"

Rachel de repente se sintió tímida.

"¿Estabas ... umm ..."

"Adelante. Solo pregunta. No voy a morder".

Rachel respiró hondo.

"¿Estabas pensando hacerme alguna de esas cosas a mí o a Roger? ¿Fue ese el plan todo el tiempo? ¿Roger quiere ser sodomizado por una correa? ¿Quiere verme practicar sexo oral con una mujer?"

"Esas son las grandes preguntas, ¿no?"

"¿Me vas a dar una respuesta?"

Samantha hizo una larga pausa dramática mientras bebía el jugo recién exprimido.

"La respuesta es esta", respondió Samantha. "Tu esposo no tiene idea de lo que quiere. Sabe que quiere una vida sexual mejor. Sabe que no quiere tener sexo con una mujer sin emociones todas las semanas".

"¿Roger me llamó una mujer sin emociones?" Rachel preguntó con sentimientos heridos.

"No con esas palabras. Pero por la forma en que describió su vida sexual, bien podrías estar sin emociones".

"Entonces, ¿qué crees que quiere Roger? ¿Qué yo sea sumisa como las mujeres en tus videos?"

"Tal vez. Para eso fue este viaje. Desafortunadamente se ocupó y no puedo ayudarlo. Pero afortunadamente tú estás aquí".

"¿Me está engañando?"

"No. No lo está. Puedo decir que no lo está haciendo. Pero está cerca de hacerlo. El sexo que proporcionas es inadecuado para un hombre como él".

"¿Qué tengo que hacer?" Preguntó Rachel.

"Haz lo que yo te diga. Vístete como te he ordenado. Chúpale la polla como te he enseñado. De hecho, espero que le hagas una mamada todas las mañanas antes del trabajo, y de nuevo cuando él llega a casa. No hay excusas para no hacerlo ".

Rachel asintió con la cabeza.

"Yo puedo hacer eso."

"Pero aún hay más que aprender. El sexo oral no lo soluciona todo, lo creas o no".

"¿Y qué es eso?"

Samantha le lanzó una mirada astuta.

"Tendremos que averiguarlo después del desayuno".

CAPÍTULO 12

Había una tensión perceptible en el ambiente cuando Rachel siguió a Samantha a una habitación privada en la mansión.

La habitación tenía paredes lisas y muebles sencillos.

Había una cama pequeña de solo dos pies de altura.

La cama estaba cubierta de forma sencilla, sin mantas ni almohadas, tan solo una sábana.

"No perdamos el tiempo", dijo Samantha. "Tu marido quiere una mujer sumisa. En el fondo, creo que anhelas una figura sexual dominante".

"Estoy totalmente en desacuerdo", dijo Rachel con firmeza.

"¿Oh?"

"No creo que Roger me quiera de esa manera. Y ciertamente tengo mis límites. Siempre he sentido que una relación adecuada se basa en la igualdad".

"¿Incluso durante el sexo?"

"Sí."

Samantha se lamió los labios.

"Tienes mucho que aprender hoy".

"Mantendré una mente abierta a lo que sugieras".

Samantha asintió con la cabeza.

"Te traje aquí por una razón específica. Esta es una sala para principiantes. Todavía no estás lista para la sala de esclavitud".

"Suena intimidante".

"Intimidante en el buen sentido. Pero por ahora, nos conformaremos con esta habitación porque es fácil de limpiar después de un desastre".

"¿Qué se supone que significa eso?" Preguntó Rachel.

"Significa que voy a hacer que te corras. De la forma adecuada. Te voy a enseñar cómo se siente un verdadero orgasmo".

"Samantha, aprecio todo lo que estás haciendo por mí, pero realmente no creo que sea necesario".

"Por supuesto que sí", respondió Samantha con firmeza. "No puedes convertirte en una verdadera sumisa a menos que hayas sentido los placeres de ello. Comenzaremos lentamente. Te facilitaré un nuevo estilo de vida".

Rachel fue golpeada por la palabra estilo de vida .

Las cosas estaban a punto de volverse más interesantes.

Y tenía curiosidad por saber a dónde se dirigían las cosas.

"Bien", respondió ella. "No discutiré. No me quejaré. Haré lo que me pidas".

"Quiero verte el trasero. Te quiero desnuda de la cintura para abajo. Luego, acuéstate en la cama. Manteniendo los pies en el suelo".

Rachel estaba preocupada por la solicitud.

Pero ella lo hizo de todos modos ya que había dicho que lo haría sin discutir.

Se quitó todo dejando su trasero al aire y colocó su ropa cuidadosamente sobre la cama.

Ahora ella estaba parada con su arbusto moderadamente peludo expuesto a Samantha.

Luego se acostó en la pequeña cama con los pies aún en el suelo.

"Tendrás que afeitarte más tarde", dijo Samantha, mirando el vello púbico.

"A mi esposo le gusta".

"Aféitate hoy. No te preocupes, te volverá a crecer".

Rachel puso los ojos en blanco.

"Obvio."

"Ahora abre las piernas. De par en par".

Rachel lo hizo.

Ella abrió las piernas y le dio a Samantha una clara vista de su coño.

Se sentía insegura mostrando su maduro coño a una hermosa joven, pero suponía que había un propósito detrás de todo esto.

"¿Feliz ahora?"

"Hermoso coño", apreció Samantha. "Es lindo."

"¿Vas a quedarte ahí y mirarlo?"

"Por supuesto que no. Si no te importa, voy a atarte las piernas a la cama antes de hacer que te corras. Relájate, te prometo que lo disfrutarás".

Samantha buscó algo debajo de la cama y sacó una cuerda que utilizó para atar los tobillos de Rachel a los postes opuestos de la cama.

Todo lo hizo con precisión experta.

Estaba claro que Samantha era una experta en cuerdas y esclavitud.

Cuando terminó, las piernas de Rachel estaban extendidas en un estilo águila, atadas, y su coño estaba abierto de par en par.

Un fuerte zumbido resonó en la habitación.

"¿Qué demonios es eso?" Preguntó Rachel, mirando a Samantha.

Samantha levantó un gran juguete sexual vibrante, que parecía y sonaba como una herramienta eléctrica.

El dispositivo tenía una parte superior vibratoria destinada a estimular el clítoris de una mujer.

"Esto va a cambiar tu vida para mejor. Ahora relájate".

Rachel estaba tumbada con los ojos muy abiertos en la cama.

La cosa se acercaba entre sus piernas.

Samantha parecía que estaba a punto de realizar un procedimiento médico con el dispositivo de vibración fuerte.

La parte superior vibratoria se acercó al coño expuesto.

El poderoso vibrador tocó la punta del clítoris de Rachel.

"¡¡¡¡ Aaahhhh !!!!" la ama de casa madura gritó de dolor.

Samantha se apartó por un momento.

"Relájate. Relájate, cariño. Solo relájate mientras te cuido."

La poderosa vibración fue traída de vuelta al clítoris.

Rachel volvió a gritar.

Podría haberle rogado a Samantha que se detuviera.

Ella podría haberse sentado y empujar a Samantha.

Ella podría haber luchado.

Pero ella no lo hizo.

Rachel simplemente se recostó en la cama y absorbió la intensa estimulación.

Aunque fue doloroso, también había un pequeño destello de placer.

El placer creció y creció.

Rachel continuó angustiada, pero trató de relajar su cuerpo.

Ella aceptó el poderoso sentimiento.

Sus piernas tiraban y luchaban contra la cuerda, pero no eso no servía de nada.

Sus piernas no podían moverse.

La sensación en su cuerpo estaba en conflicto.

Ella quería resistirse, pero también quería permitir que los sentimientos fluyeran.

Ella continuó gimiendo y agitándose en la cama.

Samantha presionó la palma de su mano sobre el cuerpo de la ama de casa.

Luego empujó el dispositivo sexual vibrante con fuerza contra el clítoris.

La estimulación fue irreal.

La ama de casa madura gritó de agonía y placer.

Sus piernas lucharon contra la cuerda con todas sus fuerzas.

Era una batalla perdida.

Cuando Samantha insertó dos dedos dentro del coño, entrando y saliendo, Rachel se corrió.

Ella se corría y corría.

Ella lanzaba chorros y más chorros de sus jugos.

Fue un orgasmo húmedo que hizo un verdadero desastre en todas partes.

La espalda de Rachel se arqueaba violentamente.

Los dedos de sus pies se curvaban.

Puso caras extrañas estando casi irreconocible por un tiempo.

Entonces su cuerpo quedó completamente flácido.

Samantha apagó el dispositivo y sonrió ante su trabajo.

Bajó el dispositivo y desató los tobillos de la ama de casa.

Se sentó en la cama y frotó el cabello de Rachel, notando lo hermosa que se veía.

"No luches por hablar todavía", dijo Samantha, todavía frotando el cabello de Rachel. "Solo relájate. Disfruta tu dicha. Estoy segura de que tu clítoris debe estar doliendo ahora mismo".

Rachel asintió con la cabeza.

"Sí."

"Descansa. Deja que tu clítoris se recupere. Continuaremos el entrenamiento más tarde hoy".

Samantha se inclinó para besar a Rachel en la frente, luego en la mejilla, luego en los labios.

CAPÍTULO 13

El tiempo pasó sin prisa.

Almorzaron juntas y hablaron sobre cosas normales.

Una amistad creció entre ellas.

El tema del sexo no había vuelto a surgir, y el clítoris de Rachel tuvo tiempo suficiente para curarse del asalto vibratorio.

Rachel tomó una siesta a media tarde, y cuando despertó, había un hermoso vestido negro sobre su cama.

Un par de zapatos de tacón alto también estaban en la cama.

Había una nota escrita a mano en la parte superior del vestido.

La nota decía:

"Date una buena y larga ducha. Luego aplícate el maquillaje como te enseñé. Y luego ponte el vestido y los zapatos de tacón sin nada más debajo.

Nos veremos abajo en la sala de esclavitud a las seis de la tarde. La puerta estará desbloqueada".

La nota estaba firmada por Samantha.

Un hormigueo creció entre sus piernas.

Rachel se levantó de la cama y se duchó.

Se secó y miró su reflejo desnudo en el espejo antes de maquillarse.

Ella se aplicó cada producto cosmético exactamente como Samantha le había enseñado.

Rachel se puso el vestido frente al espejo del dormitorio.

El vestido era elegante y sexy.

Ella se maravilló de su reflejo.

Parecía una mujer muy diferente.

***

Bajó las escaleras exactamente a las seis de la tarde, luego fue por el pasillo.

Fue fácil descubrir dónde estaba la sala de esclavitud.

Era la única habitación en la mansión donde la puerta siempre estaba cerrada.

Ahora la puerta estaba abierta y parecía llamarla.

La sala de esclavitud parecía aburrida en comparación con el resto de la casa.

Era una habitación de tamaño medio sin nada de valor.

Había algunas mesas y sillas.

Había otros artículos de aspecto interesante, como una cuerda que colgaba del techo y dispositivos de aspecto extraño que parecían toscos.

Rachel entró en la habitación y dejó que sus ojos vagaran por ella.

La anticipación creció.

"¿Era esto lo que esperabas?" La voz de Samantha dijo desde atrás.

Rachel se dio vuelta para ver a Samantha vestida con un corsé de cuero rojo y unas botas negras.

Ella mostraba sus brazos y piernas tonificadas, y su cabello estaba recogido hacia atrás.

Estaba vestida como una verdadera dominatrix.

Samantha luego cerró la puerta.

"Esperaba un poco más, para ser honesta", dijo Rachel, escondiendo sus nervios.

"La mayoría de la gente espera más de mi habitación de esclavitud. Pero prefiero la simplicidad. Me gusta tener ese elemento de sorpresa".

"¿Qué quieres decir?"

"Me gusta que la gente subestime esta habitación", sonrió Samantha. "Además, es irrelevante qué tipo de juguetes y dispositivos se utilizan. Es la disposición a someterse, y el poder dominante sobre el sumiso, lo que hace una buena relación erótica BDSM. No los juguetes".

Las manos de Rachel hicieron un gesto hacia la habitación.

"Sin embargo, aquí estamos".

"No me malentiendas", dijo Samantha, caminando hacia la ama de casa. "Me encanta usar juguetes. Y también me encantan las cuerdas. Mejoran mi poder sobre las sumisas de muchas maneras".

"¿Qué me vas a hacer?"

Los ojos de Samantha miraron arriba y abajo a la ama de casa.

"Olvidé mencionar lo hermosa que te ves en ese vestido. Te queda perfecto, mostrando todas tus curvas. Y tu maquillaje, estoy impresionada. Aprendes rápido".

"Gracias. Te ves ... umm ... atractiva con ese atuendo".

"Siempre trato de lucir lo mejor posible".

"Entonces, ¿qué me vas a hacer?" Rachel preguntó de nuevo, casi desesperada por saberlo.

Samantha dio un paso adelante y acercó sus labios al oído de la ama de casa.

"Voy a atarte", dijo Samantha suavemente. "Entonces voy a hacer que te corras una y otra vez. Perteneces a tu marido. Pero esta noche, me perteneces a mí. Tu coño me pertenece a mí. Y tus orgasmos también a mí".

Los ojos de Rachel se abrieron.

"Oh. Yo ... uh ..."

"Asumo que Roger nunca te ha atado".

"Nunca."

"Perfecto. Me encanta ser la primera de alguien. Quédate quieta".

Rachel se quedó quieta, tímidamente, con su vestido caro, mientras observaba a Samantha girar un dispositivo en la pared.

La cuerda que colgaba del techo bajó hasta donde estaba Rachel.

"¿Me vas a atar con eso ?" Preguntó Rachel.

"¿Hay algún problema?"

Rachel sacudió nerviosamente la cabeza.

"No."

"Bien. Ahora dame tus muñecas".

Samantha usó la suave cuerda y ató expertamente las muñecas de Rachel.

El nudo estaba apretado.

Las manos de Rachel estaban atadas.

No hizo ninguna resistencia.

Una vez que ella le ató la cuerda, Samantha volvió a la pared y giró el dispositivo en la dirección opuesta.

Esto hizo que las manos de Rachel se levantaran sobre su cabeza.

Nada demasiado doloroso, pero suficiente para evitar que Rachel pudiera moverse.

"¿Cómoda?" Samantha preguntó con una media sonrisa.

Rachel casi tembló mientras estaba parada con las manos atadas sobre su cabeza.

"Me duelen las muñecas".

"Duele porque estás luchando. Relájate. Entrégate a mí".

Samantha abrió un cajón cercano y buscó dentro.

Sacó un cuchillo y caminó lentamente hacia Rachel con una sonrisa perversa, agitando el objeto afilado.

"¡Oh, Dios mío!" Rachel jadeó temerosa, pensando que algo horrible iba a suceder. "¡Por favor no! ¡Dios mío! ¡Dios mío!"

"No seas tonta. No voy a lastimarte. Bueno, no de la forma mala".

Samantha llevó el cuchillo a la parte superior del vestido de Rachel.

Luego cortó hacia abajo, dividiendo el vestido por la mitad.

Samantha puso el cuchillo en una mesa cercana, luego abrió la parte superior del vestido, dejando al descubierto los dos senos redondos de Rachel.

"Ahora pareces una verdadera puta", sonrió Samantha. "Maquillaje de cachonda, cabello bonito, tacones caros y un vestido desgarrado que expone tus viejas tetas caídas. Todos los signos de una puta. ¿No estás de acuerdo?"

Rachel asintió nerviosamente.

"Sí."

"Siempre cumplo con la regla de los diez centímetros. Dime, ¿qué tan grande es el pene de tu esposo?"

"Unos doce centímetros", admitió Rachel.

"El de Roger mide doce centímetros, así que agrego otros diez centímetros. Lo que es un total de veintidós centímetros".

Samantha abrió otro cajón para recoger un consolador de veintidós centímetros.

Ella lo miró, maravillada por el tamaño.

Luego se puso una correa alrededor de la entrepierna y se colocó el consolador de veintidós centímetros.

"¿Vas a poner eso dentro de mí?" Rachel preguntó nerviosamente.

"Te voy a joder con eso", respondió Samantha, aplicando lubricación al objeto sexual. "¿Alguna vez has tenido sexo estando de pie?"

"No."

"Otra primera vez".

Samantha se paró frente a Rachel.

Estaban cara a cara, a solo centímetros de distancia.

Samantha estaba segura y tranquila.

Rachel era un desastre nervioso.

La tensión sexual era espesa en el aire.

Samantha se inclinó hacia delante y le dio a Rachel un gran beso en los labios.

Fue suave al principio.

Luego más apasionado.

Luego se volvió más áspero.

Samantha mordió suavemente el labio inferior de Rachel.

Luego continuaron besándose con la lengua.

Mientras se besaban, Samantha bajó las manos y levantó el vestido de Rachel.

Luego guió la punta de la polla del cinturón hasta los labios de Rachel.

Rachel abrió las piernas mientras estaba de pie.

El consolador apuntó a su coño.

"Voy a penetrarte ahora", susurró Samantha al oído de Rachel.

"Sé gentil."

"No", susurró Samantha.

Mientras las dos mujeres permanecían entrelazadas, Samantha dio un fuerte empujón y entró en el coño de Rachel, causando un jadeo audible.

Samantha dio otro empujón y entró más.

El objeto sexual estaba cada vez más profundo.

En un momento determinado, el objeto sexual de veintidós centímetros fue enterrado completamente en el interior del coño.

Rachel gemía y sus piernas se agitaban.

Samantha mostró su fuerza física agarrando firmemente los dos muslos de Rachel en el aire.

Rachel estaba completamente despegada del suelo, con las manos colgando de la cuerda en el techo.

Sus pies y tacones se agitaban salvajemente con Samantha sosteniendo sus piernas.

"No luches", dijo Samantha, sosteniendo a la ama de casa en el aire. "Cuanto más pelees, más te dolerá. Ríndete a mí".

Samantha se echó hacia atrás y dio otro fuerte empujón, empujando el consolador más adentro del coño.

Las manos de Samantha mantuvieron un firme bloqueo en las piernas de Rachel.

Rachel colgaba en el aire mientras la dominatrix la penetraba.

Ellas estaban jodiendo.

Se miraron a los ojos.

Rachel lloraba y gemía.

Pero ella nunca le dijo a Samantha que se detuviera.

Ella no se atrevió, pero tampoco quiso.

Era parte del entrenamiento, y comenzaba a sentirse placentero mientras su cuerpo se adaptaba al tamaño.

Su cabello estaba revuelto, al igual que sus pies.

Le gustaba ser follada por Samantha.

Su cuerpo estaba encendido.

Las muñecas de Rachel dolían.

La piel alrededor de sus muñecas se estaba volviendo de un tono rojo oscuro mientras su cuerpo colgaba en el aire.

Pero el dolor en sus muñecas no era nada comparado con la sensación que sentía su coño.

El gran juguete sexual estimulaba unos los nervios dentro de su coño que ella nunca supo que existían.

Los empujes continuaron.

Ella gritó y gritó.

Ella lloró y lloró.

Ella gimió y gimió.

"Córrete para mí", dijo Samantha, mirando a la ama de casa con placer. "Córrete para mí, vieja puta sucia".

Rachel empujó sus caderas.

"¡No soy vieja!"

Un orgasmo atravesó su cuerpo.

Rachel gritó a todo pulmón.

Su espalda se arqueó violentamente.

Ella lanzó los zapatos de tacón alto hacia el otro lado de la habitación.

Los fluidos del coñito de Rachel salpicaron por todas partes, dejando un trabajo serio para la señora de la limpieza.

Cuando el orgasmo disminuyó, los ojos de Rachel se volvieron hacia atrás y su cuerpo se relajó.

Samantha soltó su abrazo y Rachel colgó en un estado casi desfallecida de la cuerda alrededor de sus muñecas.

Samantha bajó la cuerda y el cuerpo semiconsciente de Rachel yació en el suelo en una piscina de sus propios jugos calientes.

Cuando Rachel pudo abrir los ojos, vio a Samantha quitándose el corsé, quedándose completamente desnuda.

Rachel no pudo evitar envidiar el perfecto cuerpo desnudo de Samantha.

Samantha se sentó en el suelo y jugó con el cabello de Rachel.

"Roger tiene suerte de tener una puta orgásmica como tú", sonrió Samantha totalmente desnuda.

"Nunca me había corrido así antes. Nunca".

"Me alegra poder haberte servido para ello. Pero recuerda, soy la dominatrix, tu eres la sumisa. Esto es para mi placer, no el tuyo. Y hasta ahora, aún no me he corrido".

Rachel levantó una ceja.

"¿Qué tienes en mente?"

"¿Alguna vez has comido un coño?"

"No."

"Qué virgen eres en todo. Arrástrate hacia mí. Pon tu cara entre mis piernas".

Rachel hizo lo que se le ordenó hacer.

Se arrastró hasta que su cara estuvo a centímetros del coño.

"Bésame los labios", ordenó Samantha, refiriéndose a su propia vagina. "Me encanta que me besen".

Rachel obedeció, besando la capa externa del coño bien afeitado de Samantha.

"Lámelo como una paleta. Luego mete la lengua dentro como si no hubieras comido en días".

Rachel siguió las órdenes, lamiendo el coño y probando los fluidos exteriores.

Su lengua sintió cada punto de los labios.

Luego metió la lengua dentro, lamiendo y chupando.

Era la primera vez que comía un coño, y se dio cuenta de que sabía bien.

"Eso está bien", gimió Samantha. "Sigue así. Sigue lamiendo como una buena gatita".

La ama de casa, una vez recatada, primitiva y adecuada, se había convertido rápidamente en una experta comedora de vaginas.

Ella lamió y chupó con entusiasmo.

Su lengua acarició arriba y abajo.

Momentos después, Samantha se corrió y lanzó un grito agudo.

Sus piernas temblaron, luego se relajó.

Los ojos de Samantha se iluminaron.

"Dios mío. ¿Quién podía saber que lo podías hacer de forma tan natural?"

Rachel sonrió y apoyó la cabeza en el muslo de Samantha.

"Sabes bien".

"¿Eso crees?" Samantha preguntó retóricamente.

Rachel besó el muslo de la dominatrix.

"Sí."

Las dos mujeres continuaron su momento de consuelo mutuo.

Rachel cerró los ojos y volvió a apoyar la cabeza sobre el muslo del dominatrix.

Samantha miró a la bella ama de casa y le acarició el pelo.

CAPÍTULO 14

Días después.

Después de recoger su equipaje, Rachel empujaba un carrito con dos maletas adentro: una con su ropa normal, y la otra la que Samantha le había dado.

Ella vio a su esposo esperando afuera.

Se devolvieron grandes sonrisas.

Roger estaba feliz de ver a su esposa tan bien bronceada y relajada.

Él corrió hacia Rachel.

Ella detuvo el carrito y le dio un gran abrazo sofocante.

Fue un momento especial.

Ella quería que ese día fuera un nuevo comienzo para su matrimonio.

"Te extrañé mucho", dijo Roger.

Rachel acercó sus labios a su oído y le susurró: "Me llevarás a casa y me amarrarás a la cama de la habitación. Luego me vas a meter tu polla en la garganta. Y luego me vas a follar. ¿Entendido?"

Él retrocedió un poco para ver bien a su esposa, asombrado por su lenguaje sucio.

Había un brillo especial en los ojos de Rachel.

Un hambre

Una lujuria.

Roger se dio cuenta que su esposa era una mujer diferente.

Roger asintió, aceptando la invitación.

Rachel sonrió y le dio un beso.

FIN

www.ingramcontent.com/pod-product-compliance
Lightning Source LLC
LaVergne TN
LVHW041206150826
845673LV00001B/305

* 9 7 9 8 2 3 0 9 2 1 3 0 1 *